www.bbulmedia.com

www.bbulmedia.com

Kerberos
켈베로스

1판 1쇄 찍음 2015년 10월 7일
1판 1쇄 펴냄 2015년 10월 14일

지은이 | 임준후
펴낸이 | 정 필
펴낸곳 | 도서출판 **뿔미디어**

편집장 | 이재권
기획 · 편집 | 문정흠

출판등록 | 2002년 9월 11일 (제1081-1-132호)
주소 | 경기도 부천시 원미구 소향로 17번길(두성프라자) 303호 (우) 14544
전화 | 032)651-6513 / 팩스 032)651-6094
E-mail | bbulmedia@hanmail.net
홈페이지 | http://bbulmedia.com

값 8,000원

ISBN 979-11-315-6856-9 04810
ISBN 979-11-315-1140-4 04810 (세트)

Kerberos

10 켈베로스

BBULMEDIA FANTASY STORY

임준후 현대 판타지 장편 소설

목차

제1장

하루카의 길고 가는 손가락이 이혁의 등을 부드럽게 쓸어내렸다. 커튼이 반쯤 걷힌 창문을 통해 쏟아져 들어온 햇살이 그녀의 손길을 따라 아래로 흘렀다.

　근육으로 이루어진 이혁의 등에서 무엇으로도 파괴할 수 없을 것만 같은 강인함이 느껴졌다.

　척추를 따라 아래로 내려가던 하루카의 손길이 잠시 멈췄다.

　세월이 흐르며 얇아지긴 했지만 이혁의 등을 사선으로 가로지른 긴 흉터는 아직도 선명하게 남아 있었다.

　그녀는 신기한 듯 흉터의 선을 따라 손을 움직였다.

"어렸을 때 일부러 맞아주며 생긴 상처야."

굵고 낮은 이혁의 목소리는 막 잠에서 깬 사람답지 않게 맑고 힘이 있었다.

"일부러? 죽지 않은 게 신기할 정도인데?"

"그렇게 할 수밖에 없었어."

이혁은 몸을 뒤집으며 하루카를 끌어당겨 품에 안았다. 아무것도 입지 않은 두 사람의 맨살이 비집고 들어갈 틈도 없이 착 달라붙었다.

하루카는 몸을 비틀어 상체를 조금 떼며 이혁의 가슴에 손을 얹었다. 조각처럼 단단하고 아름다워 인간적이지 못한 가슴이지만 손가락에 닿는 살결은 따뜻하고 탄력이 있었다.

이혁은 장난스럽게 하루카의 가슴을 가볍게 쥐었다. 작은 편이 아닌데도 그녀의 가슴은 한 손에 다 들어왔다.

이혁의 손이 큰 탓이었다.

그의 눈가에 열기가 감돌았다.

하루카는 웃으며 이혁의 가슴을 세게 꼬집었다.

"아프다구!"

"엄살은!"

하루카는 이혁을 곱게 흘겼다.

이혁은 자유로운 한 손으로 꼬집힌 부분을 만지며 중얼거렸다.

"진짠데……."

하루카는 들은 척도 하지 않고 물었다.

"우리 한 시간도 못 잔 거 알아요?"

이혁이 눈을 둥그렇게 떴다.

"그랬나?"

"누구 때문인데 모른 척하기예요!"

"나 때문이라구? 설마. 끝내고 잠들려고 할 때마다 덮친 게 누군데!"

이혁은 하루카의 가슴을 쥔 손에 살짝 힘을 주며 억울하다는 어조로 말했다.

하루카는 크게 한숨을 쉬며 이혁의 얼굴을 쓰다듬었다.

"후아! 얼굴에 아주 철판을 깔았군요."

"내 얼굴 근육이 남들보다 좀 두껍긴 하지."

이혁은 흰 이를 드러내며 싱긋 웃었다. 그리고 그는 두 사람의 허리 아래를 덮고 있던 홑이불을 발로 확 걷어찼다.

펄럭거리며 날아간 홑이불은 침대에서 먼 곳에 툭 떨

어졌다.

햇살 아래 두 사람의 벌거벗은 전신이 드러났다.

갑작스런 움직임에 하루카는 놀란 얼굴이 되어 그를 바라보았다.

이혁은 두 손으로 탄력이 넘치는 하루카의 엉덩이를 꽉 움켜쥐며 그녀의 전신을 아래위로 훑어보았다.

그가 감탄한 표정을 숨기지 않으며 말했다.

"대단한 몸매야. 어젯밤만큼은 세상 어떤 놈도 부럽지 않았다구."

하루카는 일본 여인답지 않게 팔다리가 긴, 모태부터 팔등신을 타고난 미인이었다.

거기에 오랫동안 지속된 나이지리아의 위험한 생활은 하루카의 몸에 군살이 붙을 여유를 주지 않았다.

팔다리에 단단하게 붙어 있는 근육들은 그 시절의 결과였다. 하지만 그것은 흠이 아니라 강인한 느낌을 주는 매력 포인트가 되었다.

하루카는 수줍게 웃었다. 하지만 그녀는 몸을 가리거나 하지 않았다. 오히려 늘씬한 두 다리로 이혁의 하체를 뱀처럼 휘감았다.

여자는 표정과 몸짓을 정반대로 움직일 수도 있는 신

기한 족속이다.

그녀는 이혁의 입에 가볍게 입맞춤하며 말했다.

"나이지리아에서 만났던 당신이 꿈같아요. 이렇게 장난꾸러기인데."

두 사람은 마주 보며 웃었다.

어젯밤 둘이 만나 이 침대로 오는 데까지 한 시간도 채 걸리지 않았다. 누가 먼저 말을 꺼낸 것도 아니었다. 그냥 자연스럽게 이렇게 되었다.

이혁은 두 팔로 하루카를 힘차게 끌어안았다. 그리고 그녀의 눈을 똑바로 들여다보며 작게 소리쳤다.

"참으라고 하지 마. 못 참아, 안 참을 거야!"

하루카도 이혁의 목에 두 팔을 걸며 말을 받았다.

"내가 할 말이에요!"

그녀는 열기로 붉게 물든 얼굴로 이혁을 내려다보며 소곤거렸다.

"당신은 내가 만난 최고의 남자예요."

이혁이 짓궂은 표정으로 물었다.

"침대에서만?"

하루카는 그의 아랫입술을 부드럽게 빨며 콧소리가 섞인 음성으로 대답했다.

"침대에서도!"

이혁은 소리 없이 웃으며 두 팔에 힘을 주었다.

그의 몸이 반대로 뒤집혔다.

하루카가 그의 몸 아래 깔렸다. 하지만 그녀는 전혀 무거워하는 표정이 아니었다.

오히려 기대와 흥분이 더욱 고조된 얼굴이 되었다.

침대에서 여자는 자기 몸무게의 세 배까지도 감당할 수 있다는 속설이 거짓이 아님을 알 수 있는 광경이었다.

이혁은 하루카의 입술에 자신의 입술을 가져다 댔다.

뜨겁고 달착지근한 숨결이 두 사람의 입을 오갔다.

방 안의 공기가 뜨겁게 달아올랐다.

계속될 날들이 아니란 것을 이혁도, 하루카도 알았다. 어느 한쪽은 상대를 사랑하고 있을 수도 있었다. 그렇지만 확인은 필요치 않았다.

두 사람은 평범하게 살아오지 않았고, 앞으로도 그렇게 살 수밖에 없는 사람들이었기 때문이다. 그럼에도 이 순간, 두 사람은 행복했다. 그리고 그걸로 만족했다.

사랑과 섹스가 언제나 일치하는 건 아니니까.

거대한 에펠탑의 모습이 손에 잡힐 듯 가까운 곳에 자

리한 샤를르 플로께 거리.

높은 담으로 둘러싸인 17세기 풍의 고풍스런 저택의 현관문 앞에서 짧은 이별이 이루어지고 있었다.

커다란 대형 승용차가 미끄러지듯 정원을 가로질러 오더니 현관문의 계단 앞에서 천천히 움직임을 멈췄다.

눈처럼 하얀 페르시안 고양이를 안고 기다리고 있던 제라드가 짧고 통통한 손가락으로 차의 뒷문을 열었다.

운전석의 테일러가 그를 보며 싱긋 웃었다. 테일러에게 눈인사를 한 제라드가 옆에 있는 세 명의 여자에게 고개를 돌리며 말했다.

"타시죠."

차에 타야 하는 한 여자와 두 소녀의 발길이 멈칫거렸다.

하루카의 눈이 습기에 젖어들었다.

회색의 티와 청바지를 입고 편안한 자세로 서 있던 이혁은 빙긋 웃으며 한 걸음 나섰다. 그리고 하루카를 품에 안았다.

하루카의 두 팔이 그의 강인한 허리를 꽉 끌어안았다.

이혁은 그녀의 머리카락을 부드럽게 어루만지며 말했다.

"테일러는 믿을 수 있는 사람이야. 그가 마련한 안가도 안전해. 그곳에서 아메네 자매와 푹 쉬고 있다 보면 당신이 그리워하는 나이지리아로 돌아갈 날이 올 거야."

하루카는 입술을 꼭 깨물었다.

눈물이 쏟아질 것 같았기 때문이다. 오늘 아침 잠에서 깨어 이혁의 얼굴을 봤을 때부터 이상할 정도로 마음이 약해졌다.

그녀는 자신의 마음이 왜 그런지 알고 있었다. 이미 잊었다고 생각했던 감정, 사랑이라는 이름을 가진 운명이 다시 자신을 찾아온 것이다.

그녀는 자신을 밀어내고 두 흑인 소녀의 어깨에 손을 얹는 이혁을 보며 아프게 저려오는 가슴을 느꼈다.

이혁은 인연의 접점이 생겨서 만나긴 했지만 자신과는 사는 세상이 다른 남자였다. 자신이 감당할 수도 없는 사람이라는 걸 그녀는 잘 알고 있었다.

이런 남자는 위험하고 매력적이었다. 그리고 여자에게는 스치고 지나가는 바람일 수밖에 없었다. 그래서 더 미련을 갖게 만들지만, 결코 자신만의 남자가 될 수는 없다.

그녀는 이혁의 귀에 입술을 가져다 대고 들릴 듯 말

듯한 목소리로 말했다.

"당신이 마음의 평화를 얻을 수 있는 날이 오기를 기도할게요."

이혁이 고개를 돌려 그녀를 보며 빙긋 웃었다.

"그때가 오면 당신과 커피 한잔 하러 찾아가지."

"내가 혼자라면 기꺼이 맞아줄게요."

이혁의 입가에 드리워진 미소가 진해졌다.

그는 고개를 끄덕였다.

하루카는 그의 삶을 온전히 이해하고 있었다.

드물게 맺은 인연만큼이나 특별한 여자였다. 그녀와는 더 이상의 말이 필요 없었다.

그는 시선을 두 흑인 소녀, 아메네와 쿠메에게 돌렸다.

아메네는 나이지리아에서 보았을 때와는 다른 사람이 된 것처럼 변해 있었다.

컬렉션으로 만들고 싶을 만큼 가르디를 집착하게 했던 검은 아름다움이 온전해진 것이다.

그녀 옆의 검은 보석처럼 빛나는 작은 소녀는 아직 아름답다는 말은 어울리지 않았다. 하지만 누구보다도 귀엽고 사랑스러웠다.

흑백이 뚜렷한 눈동자는 너무 크고 맑아서 가만히 보

고 있노라면 풍덩 빠져들 것만 같았다.

이 소녀가 쿠메였다.

이혁은 쿠메의 머리를 휙휙 쓸었다.

쿠메가 고양이처럼 그의 손길을 음미하듯 조용히 눈을 감았다가 떴다. 그리고 그를 올려다보며 물었다.

"아저씨, 우리 다시 볼 수 있는 거죠?"

처음 이혁과 대화를 나누었을 때도 사용했던, 발음과 어순이 어색하지만 너무도 귀여운 영어였다.

이혁은 힘차게 고개를 끄덕였다.

"그럼. 여기 하루카와 언니가 함께 갈 거야. 옹플뢰르는 바다가 있는 멋진 마을이야. 즐겁게 지낼 수 있을 거야. 그곳에서 즐겁게 지내고 있으면 내가 찾아갈게."

쿠메는 고개를 끄덕였다.

이혁을 올려다보는 그녀의 눈에는 절대적인 신뢰의 빛이 어려 있었다. 그가 태양을 달이라고 해도 의심 없이 믿을 것만 같은 눈빛이었다.

이혁은 이를 드러내며 환하게 웃었다.

쿠메와의 인연은 정말 사소한 일로 시작되었다.

이혁의 눈길이 제라드의 품에 안겨 있는 고양이를 향했다.

고양이의 이름은 '페론'으로 제라드가 자신의 목숨 다음으로 소중하게 여기는, 이혁으로서는 존중은 하지만 그 심리를 이해하지는 못하는, 애완동물이었다.

제라드가 이혁의 지시로 모종의 일을 처리하기 위해 며칠 동안 자리를 비웠을 때 이혁은 특별히 할 일이 없어 '페론'을 맡았다.

그때 작은 사단이 생겼다.

애완동물을 어떻게 챙겨야 하는지 알 턱이 없는 이혁은 때가 되면 페론에게 먹이나 주는 것이 고작이었다. 그것도 가끔은 제 시간을 넘기곤 했다.

이혁의 그런 무성의한 태도는 눈에 넣어도 아프지 않을 정도로 애지중지 돌봐주던 제라드와 하늘과 땅만큼이나 차이가 났다.

이에 심통이 났는지 페론은 과감하게 가출을 감행했다.

그것은 이혁을 난감하게 만들었다.

그는 투덜거리면서도 페론을 찾아 나섰다.

제라드가 돌아왔을 때 얼마나 낙심할지 눈에 선해서 마냥 손을 놓고 돌아오는 걸 기다리고 있을 수만은 없었다.

그때 이혁은 쿠메를 만났다.

고양이란 짐승은 사람 손을 탄 동족을 무리로 받아들이지 않는다. 그러기는커녕 공격도 서슴지 않는다. 집에서 키우던 고양이가 밖에 나가서 돌아올 때 많은 상처를 입곤 하는 것도 그 때문이다. ﹑

페론도 길고양이들로부터 그런 대접을 받았다.

제라드가 챙겨주지 않으면 혼자 물도 마실 줄 모르는 페론이 다른 고양이들의 공격에 제대로 대응할 수 있을 리 없었다.

페론은 심한 상처를 입고 근처의 하수구로 간신히 도망쳤다. 그리고 그곳에서 움직이지 못한 채 죽음을 기다리고 있다가 쿠메에게 구해졌다.

페론을 찾으라는 이혁의 지시를 받은 테일러는 파리의 거리에 설치된 모든 CCTV와 가출 시간대에 파리 상공을 지나간 인공위성까지 전부 뒤졌다. 파리에 있는 사용 가능한 정보 인력도 총동원되었다.

고양이를 찾기 위한 조치로는 무지막지하게 과한 것이었다. 그러나 테일러는 세계 정보기관들이 기절초풍할 만행을 서슴지 않고 저질러댔다.

제라드는 그의 친구였다. 그리고 그 역시 제라드가 페

론을 얼마나 아끼는지 잘 알고 있었다.

수색의 결과는 바로 나왔다.

이혁은 어렵지 않게 페론을 보호하고 있는 쿠메를 만났다. 그녀는 국제엠네스티 프랑스 지부 소속으로 활동하고 있는 인권운동가 '루이'가 운영하는 외국인 보호소에 머물고 있었다.

쿠메를 만난 이혁은 그녀에게 페론을 구해준 보답을 하고 싶다는 말을 했다. 가벼운 마음으로 던진 말이었다.

쿠메 정도의 어린아이가 원하는 것이라면 무엇이든지 해줄 수 있을 거라는 게 이혁의 생각이었다. 고만고만한 요구일 테니까. 하지만 그건 오산이었다.

그는 해맑은 눈으로 그를 보며 얘기하는 쿠메의 요구 조건을 들으며 자신이 얼마나 어린아이의 마음을 모르는지 절감해야만 했다.

그는 쿠메의 요구 조건을 이행하기 위해 바다를 넘어 나이지리아에까지 갔다. 그리고 그곳에서 많은 전투를 겪고 돌아왔다.

무스펠하임이 자신들의 머리 위로 떨어졌던 날벼락이 어디에서 시작된 것인지 알게 된다면 진정으로 허탈해 할 만큼 나이지리아 사태(?)의 시작은 소소했다.

이혁은 한 걸음 물러섰다.

헤어져야 할 시간이었다.

*　　　*　　　*

이탈리아 피렌체의 아르노강 남쪽 언덕.

사시사철 푸른 상록수가 거리의 양편을 따라 숲을 이루고 있는 이 지역은 피렌체의 대표적인 고급 주택가다.

밤이 깊어가고 있었다.

멀리 아르노강이 내려다보이는 저택의 2층 테라스에서 향기가 진한 커피를 마시고 있던 팔츠 백작은 뒤에서 들려오는 발자국 소리에 고개를 돌렸다.

토니가 계단을 올라오고 있었다.

백작의 앞에 도착한 토니가 고개를 숙였다.

백작은 커피 잔을 탁자에 내려놓으며 물었다.

"알아냈나?"

토니는 허리까지 숙이며 대답했다.

"죄송합니다."

무거운 목소리였다.

백작의 눈썹이 꿈틀거리며 위로 솟구쳤다.

"어떻게 된 거냐?"

"로만 대통령과 안보 담당 보좌관 데이비드 모제스가 이번 일을 주도했습니다. 그들은 암호명 '캘리' 라는 자가 이끄는 특수부대를 투입하였습니다. '캘리' 가 블루입니다."

"그런데?"

"일이 제가 예상했던 것과 많이 다르게 진행되었습니다. '캘리' 는 사라졌고, 그의 보고를 받기 위해 접선 장소로 나갔던 모제스는 죽은 채 발견되었습니다."

백작의 눈빛이 차갑게 번뜩였다.

"작전이 성공했으니 '캘리' 를 죽여 입을 막으려다가 역으로 당했군."

"그렇게 판단됩니다."

어둠 속에서 움직이는 자들에게 이런 경우는 드물지 않다. 그래서 두 사람은 어렵지 않게 상황을 짐작할 수 있었다.

"'캘리' 라는 자는?"

"종적이 발견되지 않고 있습니다. 나이지리아를 떠난 것은 확실합니다만… 행선지가 불명입니다. '캘리' 의 신상에 관한 정보가 오늘 중으로 손에 들어올 겁니다. 그러면 추적할 단서를 얻을 수 있을 거라고 생각합니다."

백작은 인상을 찡그렸다.

"꼬이는군."

모시는 사람의 심기를 불편하게 만들었다는 자책감에 토니의 얼굴이 무거워졌다. 그는 깊숙이 허리를 숙이며 말했다.

"죄송합니다."

허리를 편 토니는 물러갈 기색을 보이지 않았다.

"제노사이더의 소재는?"

"정확하게 파악하지는 못했습니다. 하지만 있을 곳으로 추정되는 국가를 둘로 압축시킬 수 있었습니다. 그자의 최근 3년간 동선을 파악한 결과, 지난 1년 동안 프랑스의 파리와 독일의 뮌헨에 주로 머물렀습니다. 좀 더 조사하면 확실해지겠지만, 현재 머물고 있을 것으로 의심되는 나라는 프랑스입니다."

"왜?"

"이번에 '캘리'를 추적하다가 제노사이더와 관련해서 알아낸 사실이 있습니다. 나이지리아에서 제노사이더를 삼비사 숲으로 안내했던 여자가 있었습니다. 오카모토 하루카라는 일본인 여성 인권 운동가입니다."

백작의 눈이 반짝였다.

"흥미롭군. 계속해 보게."

"그녀는 제노사이더가 삼비사 숲에 등장했을 무렵부터 보이지 않고 있습니다. 나이지리아를 떠난 것으로 추정됩니다. 항공편이나 배편으로 나이지리아를 떠난 기록은 없습니다만 그 나라에서 그녀와 관계있는 어느 누구와도 연락한 적이 없습니다."

"그녀가 프랑스 파리와 어떤 연관이 있나?"

"예. 파리에 '루이 로베르'라는, 엠네스티 파리 지부 소속의 인권 운동가가 삽니다. 하루카의 통화 기록을 뒤져 보니 그자와 자주 연락을 했더군요. 제노사이더가 삼비사 숲에 나타나기 하루 전, 그녀가 그와 통화한 기록도 있습니다."

"의심스럽긴 하지만 그것만으로 제노사이더가 파리에 머물고 있을 것이라고 추정하기엔 부족하지 않나?"

"통화 기록을 확인하고 바로 루이의 주변을 조사했습니다. 그자의 보호소에 나이지리아에서 온 소녀들이 여럿 있더군요. 그리고 얼마 전, 그곳에 있는 쿠메라는 소녀와 젊은 동양인 남자가 수차례 만나는 것을 목격한 사람들이 있었습니다."

"동양인 남자?"

"이십대 중반에 장신이고 단단한 체격의 남자라고 합니다."

백작의 눈이 번뜩였다.

제노사이더는 베일에 싸인 인물이었다. 하지만 그에 대해 알려진 것이라고는 단 하나뿐이었다.

동양계의 젊은 인물이라는 것이 그것이었다.

"그 정도면 충분히 의심스럽군."

"저도 그렇게 생각합니다. 그래서 파리에 있는 정보망에 총동원령을 내려 수색을 지시했습니다. 제노사이더의 흔적이 발견된다면 더 바랄 게 없을 것입니다. 하지만 그것에 실패한다 해도 하루카와 쿠메를 찾아낸다면 그자를 찾을 가능성이 커집니다."

"잘했네."

지금까지 심기가 불편한 듯하던 백작의 입가에 만족스러워 하는 미소가 떠올랐다.

그가 화제를 바꾸어 물었다.

"중국 쪽은?"

"한 시간 전에 도착했다는 보고를 받았습니다, 백작님."

"그래? 예상보다 빠르군."

"그들에게는 기다리던 기회일 테니까요."

"그렇겠지."

"표면적으로 조직원의 복수를 말하고 있지만 그들의 본심은 이번 기회에 유럽의 조직들에게 자신들의 힘을 각인시키고자 하는 것일 겁니다. 복수도 하고 영향력도 확대시킬 수 있는 절호의 기회이니까요. 마침 '응징'이라는, 나설 수 있는 명분도 적절하고요."

팔츠 백작의 눈가에 비웃음이 섞인 차가운 미소가 떠올랐다.

"그들이 백 퍼센트의 힘을 발휘할 수 있도록 최상의 여건을 마련해 주게."

토니가 말을 받았다.

"일단 교외의 안가에 숙소를 마련해 주었습니다. 지하에 사격장을 비롯해서 훈련할 수 있는 시설이 완비되어 있는 곳입니다. 거기라면 그들의 컨디션을 끌어올리는데 도움이 될 겁니다."

"잘했군. 어떤 자들이던가?"

"혈수대(Squad with Bloodstained Hands)라는 7인조 전투 조직입니다."

"SBH? 이름은 그럴싸하구나."

"실력도 상당한 자들입니다. 그들은 앙천이 운용하고 있는 여러 개의 무력 조직 중 하나로, 아시아에서는 꽤 유명합니다."

"강할수록 좋겠지."

"물론입니다. 그들을 통해서 앙천의 힘을 가늠할 수 있는 괜찮은 기회가 되지 않을까 생각합니다."

팔츠 백작은 고개를 끄덕였다.

수십 년 동안 앙천의 활동 영역은 중국 내륙을 벗어나지 않았다. 당시 앙천을 주목한 외부 세력은 거의 없다시피 했다.

그러나 앙천이 중국 대륙 밖으로 세력을 확장하기 시작한 수년 전부터 상황은 급변했다.

그들의 기세는 파죽지세와 같아서 이 세계의 어둠 속에서 움직이던 세력들의 주의를 끌지 않을 수 없었다.

그렇게 여러 해가 지났다. 하지만 아직도 그들의 잠재력이 어느 정도인지 알고 있는 외부인은 거의 없다시피 한 것이 현실이었다.

토니가 백작의 기색을 살피며 입을 열었다.

"여러 세력이 우리의 동향을 주의 깊게 파악하고 있는

듯합니다, 백작님."

팔츠 백작의 입가에 싸늘한 비웃음이 떠올랐다.

그가 말했다.

"근래 우리가 겪은 최초의 실패라 할 수 있으니 꽤나 재미있어 하고들 있겠지."

두 사람이 언급한 '조직'들의 힘은 일반인의 상상을 가볍게 뛰어넘을 정도로 막강했다.

각 조직의 내부에서 일어나고 있는 사안이라면 어렵겠지만 외부에서 이루어지는 일들은 시간차가 거의 없이 다른 세력에게 노출된다고 보아야 했다.

그것까지 염두에 두고 계획을 짜고 실행에 옮기지 않으면 돌출하는 변수를 통제할 수 없는 것이다.

나이지리아 사태만 해도 그랬다.

제노사이더라는 돌출 변수를 대비하지 못했기에 무스펠하임은 나이지리아에서 시작하려던 계획을 접어야만 했다. 제노사이더에게 입은 피해는 그 정도로 막대했다.

"'빛의 고리'는?"

"눈에 띄지 않습니다."

"숨는 데는 소질이 탁월한 자들이야."

"그렇게 산 세월이 10년이 넘으니까요."

백작은 자리에서 일어나 창가에 섰다.

그는 뒷짐을 지고 아르노강에 시선을 주었다.

가로등과 불이 켜진 강변 건물이 수면에 드리워져 한 폭의 그림처럼 보이는 아르노강의 야경은 아름답기로 유명하다.

백작이 입을 열었다.

"제노사이더에 대해 혈수대가 필요로 하는 모든 자료를 주게, 파리에 있는 루이라는 자에 대한 정보도 포함해서."

지시는 절대적이다.

토니는 고개를 숙였다.

"알겠습니다."

"그들이 원한다면 전면에 나서는 것도 받아들이게."

토니가 눈을 크게 떴다.

"그렇게까지… 그들이 성공할 수도 있습니다, 백작님."

백작의 입가에 싸늘한 미소가 떠올랐다.

"토니, 이 세계에서는 도박이 필요할 때가 있네. 그리고 제노사이더는 쉬운 자가 아니야. 혈수대가 어떤 능력을 가진 자들이든 쉽게 그를 처리할 거라고는 생각되지 않네."

"알겠습니다."

"그리고 제노사이더의 뒤에 어떤 자들이 있든 그가 위험에 빠진다면 튀어나올 수밖에 없겠지. 그렇게 강력한 전투력을 가진 자를 포기하지는 못할 테니까. 과연 어떤 얼굴들일지 궁금하군."

백작은 입을 닫았다.

토니는 고개를 숙여 인사하고 방을 나섰다.

그의 발걸음은 빨랐다.

백작의 지시를 이행하려면 바쁘게 움직여야 했다.

*　　　　*　　　　*

파리 6지구의 오데옹 거리는 프랑스 문학사에 한 획을 그을 정도로 유명한 작가들이 즐겨 찾던 오래된 카페들과 고서점들이 모여 있는 곳이다.

어둠에 잠긴 18세기 풍의 건물들 사이로 난 좁은 골목길에 허름한 양복을 입은 육십대의 백발 노신사가 나타났다.

그는 조금 창백한 안색과 높게 선 콧날, 푸른 바다를

연상시키는 맑은 눈을 갖고 있었다.

표정까지 무심해서 접근하기 쉽지 않은 분위기를 풍기는 노신사였다.

느린 걸음으로 골목을 걷던 노신사는 한쪽에 죽 늘어선 고서점 중 한곳 앞에 섰다.

작은 간판에 새겨진 글자는 비바람에 거의 지워진 상태여서 읽을 수가 없었다.

노신사는 호주머니에서 굵은 열쇠를 꺼내어 가게 문을 열고 안으로 들어섰다.

입구에서부터 차곡차곡 쌓여 있는 고서들이 그를 맞았다.

불을 켠 노신사는 겉옷을 벗어 옷걸이에 걸고 카운터 의자에 앉았다.

그가 움직이는 속도는 일정했고, 동작은 자로 잰 듯 정확했다. 얼마나 긴 세월 동안 반복해 온 동작인지 절로 알 수 있는 움직임이었다.

가게 안에는 십여 개의 책장은 물론이고 바닥에서부터 천장까지 온갖 분야의 고서들로 가득 차 있었다.

책을 돌아보는 노신사의 차갑게 느껴지던 푸른 눈에 온기가 떠올랐다.

마음이 복잡할 때 책을 보며 안정을 취하는 건 평생 책을 벗하며 살아온 그의 습관이었다.

카운터 책상 위에는 한 권의 책이 놓여 있었다. 겉표지에 '에다'라고 적혀 있는 책은 노신사가 가게를 나서기 전 읽던 것이었다.

'에다'는 북유럽 신화에 대해 기록한 책이다.

노신사는 책을 집어 들었다.

책장 사이에 꽂혀 있는 작은 책갈피를 잡아 살짝 힘을 주자 읽던 부분이 나왔다. 하지만 노신사의 눈은 책의 페이지에 닿지 않았다.

그는 현관문 쪽을 보며 작게 중얼거렸다.

"어렵다, 어려워……."

잠시 멍한 기색으로 창밖의 거리를 보던 노신사는 시선을 책으로 돌렸다.

자신이 읽던 부분을 찾아가던 그의 눈빛이 살짝 변했다. 그는 무섭게 굳은 얼굴로 고개를 들었다.

다음 순간 그의 상체가 흐릿해졌다. 하지만 그 변화는 지속되지 못했다.

"컥!"

숨이 막힐 듯한 짧은 비명과 함께 노신사의 상체가 다

시 온전해졌다. 그는 카운터 책상에 코를 박을 듯이 머리를 숙이고 있었다.

그가 원해서가 아니었다. 길고 강인한 손가락이 그의 뒷덜미를 틀어잡고 찍어 누르고 있었기 때문이다.

노신사는 고개를 들기 위해 안간힘을 쓰며 입을 열었다.

"누… 구……?"

놀람과 공포가 드리워진 그의 얼굴엔 식은땀이 흘렀다.

"흐흐흐."

낮고 굵은 남자의 웃음소리가 그의 등 뒤에서 들렸다.

불청객의 목소리가 이어졌다.

"당신은 근거리 텔레포테이션 능력자였나? 내가 여러 번 당신의 기척을 놓쳤던 이유가 그 때문이었군. 내 기감에 무슨 문제가 생기지 않았나 했던 내 걱정은 공연한 것이었어."

제2장

이혁은 노신사의 뒷덜미를 잡고 있던 손에 힘을 주어
잡아당겼다.

　노신사의 허리가 곧게 펴졌다.

　"이제 손을 놓겠어. 당신이 또 그 공간 이동 능력을
펼치는 건 자유야. 하지만 그때도 내 손이 당신의 목덜미
만 잡을 거라는 기대는 하지 않는 게 좋아."

　노신사, 에드워드는 쓸쓸한 얼굴로 말을 받았다.

　"나도 내 목숨 귀한 줄은 알고 있소."

　이혁은 손을 놓았다.

　에드워드는 두 손으로 구겨진 셔츠의 목깃을 착착 폈

다. 그는 어떤 상황에서도 흐트러지지 않는 것이 신사의 덕목이라고 믿는 남자였다.

그는 고개를 돌려 뒤를 보았다.

회색의 반팔 티에 검은 청바지를 입고 있는 장신의 청년이 눈에 들어왔다.

생김새보다 중요한 건 그 청년이 낯이 익다는 것이었다. 그리고 청년은 결코 이런 자리에서 만나서는 안 되는 남자였다.

"제노사이더······."

에드워드는 꽉 잠긴 목소리로 중얼거렸다.

이혁은 흰 이를 드러내며 소리 없이 웃었다.

"며칠 동안 몰래 스토킹하던 사람을 당신 거처에서 만나게 된 감상이 어떻소?"

처음과 달리 그는 말을 높였다.

에드워드가 쓸데없는 짓으로 귀찮게 하지 않은 것에 대한 작은 답례였다.

에드워드는 쓰게 웃었다.

"그리 유쾌한 기분은 아니오."

유쾌하기는커녕 그의 전신엔 소름이 돋아 있었다.

전쟁 중에 자신들을 무서울 정도로 지독하게 추적했던

무스펠하임의 능력자들도 그의 그림자조차 찾지 못했다. 그만큼 그는 은신의 대가였다.

그런 그가 동양계의 일개 청부업자에게 뒤를 밟히고 결국 사로잡힌 신세가 된 것이다.

그의 충격이 작을 수 없었다.

"나도 지금 기분이 많이 나쁜 상태라 당신을 배려해 줄 여유가 없소, 그럴 마음도 없고. 아마 당신도 나를 이해할 거라고 생각하오."

이혁은 덤덤하게 말하며 홀에 놓여 있는 의자를 가져와 에드워드의 앞에 앉았다.

그가 말을 이었다.

"'빛의 고리' 요?"

에드워드의 얼굴이 딱딱하게 굳었다.

그는 한 번도 적에게 잡힌 적이 없는 사람이었다.

이렇게 적과 얼굴을 마주 보고 말을 나눈 경험도 없었다. 이런 식의 대화에 면역이 되어 있지 않아 표정 관리가 되지 않는 것이다.

그의 대답도 없었는데 이혁이 고개를 끄덕이며 말했다.

"맞군."

"허허허……."

에드워드는 허탈하게 웃었다.

할 수 있는 게 없었다.

부인할 마음도 들지 않았다. 그런다고 믿어줄 만큼 눈앞의 청년이 순진할 리도 없었다.

그는 의식하고 있지 못했지만 이미 이혁의 기세에 잠식당한 상태였다. 압도적인 능력의 차이가 그의 기세를 꺾어버린 것이다.

이혁이 말을 이었다.

"얼마 전부터 나를 스토킹 하는 두 부류가 있었소. 한 부류는 내가 나이지리아에 가기 전부터 내 뒤에 붙었소. 아주 신비롭고 고전적인 방식으로 말이오. 다른 한 부류가 날 스토킹하기 시작한 건 며칠 되지 않았고. 그들은 인맥과 현대식 장비를 총동원했소. 첫 번째 부류가 당신이었소."

"두 번째는……?"

"당신도 이미 알고 있지 않소? 나는 그들이 무스펠하임과 관련 있는 자들이라 생각하고 있소. 조만간 알게 될 테지만 내 추측이 맞을 거요."

이혁의 입가에 드리워진 미소가 짙어졌다.

에드워드의 어깨가 가늘게 떨렸다.

눈앞의 청년이 얼마나 위험한 인물인지 절실하게 느끼

고 있었다.

그는 청년이 다가와 뒤에 섰을 때에서야 존재를 알아 차렸다. 그러나 알아차림은 명확한 인지가 아니라 그럴 것이라는 예감에 가까웠다. 그것도 그가 능력자이기에 가능한 일이었다.

그것은 중대한 의미가 있었다.

그가 그런 식으로밖에 알아차릴 수 없는 존재라면 이 세계에서 청년의 접근을 막을 수 있는 사람은 몇 되지 않 을 테니까.

접근을 알아차릴 수 없다면 저항도 하지 못한 채 당할 수밖에 없었다.

그가 당한 것처럼.

'이런 남자를 한 번 쓰고 버리는 카드로 이용하려 했 다니… 부디 이 남자가 우리의 또 다른 재앙이 되지 않 기를…….'

그의 뇌리에 한 중년 신사의 모습이 떠올랐다.

'로드…….'

이혁은 에드워드의 상념을 방해하지 않았다.

그는 실의에 빠진 사람에게 생각할 여유를 주면 잡념 이 많아지고 마음이 약해진다는 걸 알고 있었다.

에드워드는 기운 없는 얼굴로 이혁을 보며 물었다.

"원하는 게 무엇이오?"

"당신에게 지시를 내리는 사람을 만났으면 하는데."

잠시 침묵하던 에드워드가 입을 열었다.

"시간이 필요하오."

"내일 정오까지."

에드워드는 고개를 끄덕였다.

"알겠소."

이혁이 싱긋 웃으며 일어났다.

그가 말했다.

"어떤 할머니에게 감사하시오. 그분이 아니었다면 '빛의 고리'는 이 세상에서 지워졌을 거요."

에드워드의 눈썹이 꿈틀거리며 위로 솟구쳤다.

이혁이 뒤에 붙인 한마디에 자존심이 상한 것이다. 그래서 그는 이혁이 앞에 언급한 할머니라는 말을 흘려들었다.

이혁은 에드워드의 반응에 아랑곳하지 않고 걸음을 옮겼다.

어느새 현관 앞이었다. 그는 느긋하게 문을 열었다.

씁쓸한 얼굴로 멍하게 이혁의 등을 보고 있던 에드워드의 두 눈이 찢어질 듯 커졌다.

문이 열리고 있었다. 그런데 이혁의 모습은 보이지 않았다. 분명 그 자리에 있는 것이 느껴지는데 사람은 사라진 것이다.

"Invisibility(투명화)!"

낮게 소리친 그는 자신도 모르게 침을 꿀꺽 삼켰다. 그의 눈에 혼란스러워 하는 기색이 뚜렷하게 떠올랐다.

Invisibility(투명화)는 많은 초상능력 중에서도 최상위에 속하는 것이었다.

알리나의 '가속'이나 에드워드의 '공간 이동'은 간혹 보유자가 나오긴 하지만 '투명화'는 수백 년에 한 명 나올까 말까 할 정도로 드물었다.

"어떻게 특급의 초상능력을 가진 자가 육체적인 전투력을 저 정도까지 강화시킬 수가……?"

믿어지지 않는다는 기색이 역력한 중얼거림이었다.

자연계에 대가 없는 특혜는 존재하지 않는다.

초상능력이 있는 자의 육체적 능력은 평범한 수준을 벗어나지 못한다.

초상능력으로 일정 시간 동안 육체를 강화할 수는 있어도 그때가 지나면 원래의 평범한 육신으로 돌아온다. 항상 강화된 육체 상태를 유지하는 건 불가능했다.

그것은 정신과 육체가 어느 한 부분에 극단적인 집중을 하기 때문에 발생하는 필연적 결과였다.

초상능력자들이 보통 사람보다 빨리 늙거나 일찍 죽는 건 아니다. 하지만 나이가 들었을 때 육체가 쇠락하는 속도는 평범한 사람들보다 많이 빠르다.

에드워드도 육십대로 접어들며 급격한 체력의 약화를 겪는 중이었다.

그것이 거대한 힘을 얻고 지불한 대가였다.

에드워드의 눈이 번뜩이며 방금 전까지 실의에 빠져 있던 얼굴에 생기가 돌았다.

'로드께 보고해야 한다. 어쩌면 우리는 저자에게서 '끊어진 고리'를 연결할 수 있는 단서를 얻을 수 있을지도 모른다.'

그는 입술을 꽉 물었다.

손이 벌벌 떨리고 있었다.

이혁이 고대로부터 전승되어 온 무예를 익히고 있다는 것을 알지 못한 그의 오해였다.

하지만 이혁이 그 사실을 말해주지 않는 한, 그로서는 진실을 알 길이 없었다.

*   *   *

샤워를 마친 루이는 거울에 비친 자신의 머리를 요리
조리 훑어보며 한탄했다.

"어째 요새는 점점 더 많이 빠지는 기분이 드네."

아직 서른두 살밖에 안 되었는데도 그의 머리는 정수
리까지 시원한 허허벌판이었다.

대충 수건으로 머리를 털어 말린 루이는 거실로 나왔다.

그의 숙소는 자신이 운영하는 외국인 보호소의 안쪽에
마련되어 있었다. 거실과 방 하나에 작은 주방이 딸린 좁
은 곳이었다.

하지만 허영과는 거리가 먼 그는 이곳을 특급 호텔의
스위트룸보다 더 마음에 들어 했다.

냉장고에서 캔 맥주를 하나 꺼낸 루이는 소파에 앉아
텔레비전을 켰다.

벽시계의 시침은 11을 넘어 12에 가까워지고 있었다.

보호소를 운영하는 건 쉽지 않았다. 중노동에 가깝다
고 하는 게 정확했다.

루이는 정부의 지원과 간간이 엠네스티와 개인적으로
아는 사람들로부터 들어오는 기부금으로 보호소를 운영

해 왔다. 하지만 들어오는 액수는 많지 않았다.

반대로 보호소의 문을 두드리는 외국인들의 수는 갈수록 늘어나는 추세였다.

벌써 여러 해 전부터 루이는 운영 비용을 절감하기 위해 어지간한 일은 사람을 쓰지 않고 자신이 직접 해결해 왔다. 보호소의 마지막 정리까지 끝내고 거처로 돌아오면 어느새 자정이 다 되어 있곤 했다.

그렇게 돌아와 마시는 캔 맥주 하나와 피곤 때문에 고작 2, 30분 보다가 잠드는 드라마 한 편이 그가 누리는 호사의 전부였다.

텔레비전을 향한 루이의 눈이 가물가물해졌다. 눈꺼풀이 반쯤 내려와 있었다.

루이는 캔을 탁자 위에 내려놓았다.

오늘은 다른 날보다 힘쓸 일이 많았다. 그래서인지 평소보다 좀 더 피곤했다. 침대로 갈 기력도 없었다.

쏟아지는 잠을 이기지 못한 루이의 고개가 꾸벅거리다가 가슴으로 툭 떨어졌다.

"이봐, 일어나라."

루이는 귀를 파고드는 차가운 목소리에 정신이 들었다. 그러나 그는 자신이 아직 꿈을 꾸고 있다고 생각했다.

보호소에서 자원봉사 하는 사람들이 새벽에 가끔 찾아오긴 하지만 그들은 모두 여자였다. 그의 주변에서 이 시간에 그에게 말을 걸 남자는 없었다.

좌악!

요란한 격타음과 함께 얼굴이 확 돌아갈 정도의 충격이 오른쪽 뺨에 왔다.

루이는 눈을 번쩍 떴다.

그의 앞에 검은 양복을 입은 두 명의 남자가 서 있었다.

무표정한 얼굴과 스산하게 번들거리는 검은 눈동자, 그리고 검은 머리카락의 동양계 남자들이었다.

왼편에 서 있는 남자가 루이의 눈앞에 손바닥을 가져다 대고 가볍게 흔들며 입을 열었다.

"이제 정신이 들었나 보군."

루이는 하얗게 질린 얼굴로 더듬거리며 말했다.

"다… 당… 신들 누구요? 강도라면 잘못 찾아왔소. 나는 가진 게 없소."

"그런 건 관심 없어."

남자는 손으로 루이의 얼굴을 거머쥐었다. 그의 손가락들이 루이의 얼굴을 두부처럼 파고들었다. 손끝에 뼈가 닿았다.

"으으으윽!"

루이는 얼굴이 부서지는 듯한 고통에 신음을 토했다. 쇠 집게가 얼굴을 뭉개고 있는 게 아닐까 의심스러울 만큼 사내의 손아귀 힘은 무시무시하게 강했다.

"하루카, 쿠메, 아메네. 어디 있나?"

"무슨 말인지… 그런 사람들 모르…….."

우두둑!

남자의 엄지손가락이 루이의 오른쪽 광대뼈를 뚫고 들어가며 부근의 뼈들을 석회 조각처럼 으스러뜨렸다.

"크헉!"

"어디 있지?"

"난 정말 그런 사람들 모르…….."

우두둑!

이번에 으스러진 건 왼쪽 광대뼈였다.

"어허헉!"

입과 코에서 붉은 피를 주르륵 흘리고 있는 루이의 얼굴은 몇 초 사이에 반쪽이 되었다.

루이의 얼굴이 암담해졌다.

눈앞의 남자들은 원하는 말을 듣기 전에는 떠나지 않

을 것이 분명했다. 자신을 살려두지도 않을 터였다.

파리를 떠나기 전에 만난 쿠메가 비밀이라며 귀에 속삭인 말을 들었던 게 후회되었다.

정말 모르고 있었다면 아무리 고문이 심하다 해도 말할 수 없었을 테니까.

검은 양복의 남자는 무표정한 얼굴로 루이의 오른쪽 어깨에 손을 올려놓으며 말했다.

"이번에는 어깨를 부숴주지. 어디 있나?"

루이는 공포에 질린 눈으로 남자를 올려다보았다.

인권 단체 활동을 하면서 험한 경우를 종종 겪은 그였다. 사람의 목숨을 파리의 그것보다 하찮게 여기는 자들을 만난 적도 있었다.

하지만 그 누구도 눈앞의 남자처럼 잔혹함과 뼈를 부술 정도로 강한 힘을 동시에 가지고 있지는 못했었다.

루이는 자신이 더는 견디지 못할 거라는 걸 직감했다.

그는 인권 보호 운동가였다.

강심장 소리를 들을 정도로 대범한 편이었지만 그는 군인도 아니었고, 스파이도 아니었다. 고문을 버티는 훈련을 받은 적이 없는 것이다.

피에 젖은 그의 입술이 힘없이 벌어졌다.

"옹… 플… 뢰… 르……."

남자의 입가에 싸늘한 웃음이 피어났다.

그의 손이 루이의 목을 천천히 움켜잡았다.

루이는 눈을 부릅떴다.

공포와 절망이 짙게 드리워진 눈이었다.

우두둑!

목뼈가 부러지는 소름 끼치는 소리와 함께 루이의 눈
에서 빛이 꺼졌다.

남자는 손을 놓았다.

루이의 시신이 소파에 힘없이 쓰러졌다.

*　　　　*　　　　*

제라드는 손수건으로 목에 배어난 땀을 닦았다. 에어
컨을 틀어놓았는데도 그는 거실이 덥게만 느껴졌다. 실
제로 땀도 흐르고 있었고.

그는 소파에 앉아 앞의 탁자 위에 노트북을 올려놓고
열심히 자판을 두드리며 일을 하고 있는 중이었다.

"언제 가을이 오려나."

자판에서 손을 뗀 그는 창밖으로 고개를 돌리며 푸념

섞인 한마디를 중얼거렸다. 안타깝게도 가을이 오려면 아직 한 달은 더 기다려야 했다.

"진짜 살을 빼던가 해야지."

여자들의 옷이 얇아지는 무더운 여름은 그가 가을 다음으로 좋아하는 계절이었다.

하지만 마음과 달리 그는 더위에 무척 약했다. 0.1톤을 넘는 그의 몸이 더위를 잘 견디지 못하기 때문이었다.

거실로 들어서던 이혁이 세차게 바람을 뿜어내고 있는 에어컨을 힐끗 보며 제라드에게 말했다.

"푸우, 너무 추운 거 아냐? 에어컨 좀 끄는 게 어때?"

"춥기는요. 그건 보스 체질이 이상해서 그래요. 더워서 땀나는 거 안 보이세요?"

제라드는 손가락으로 이마를 가린 머리카락을 젖혔다. 땀이 배어난 이마가 이혁의 눈에 들어왔다.

이혁은 피식 웃으며 제라드의 옆에 앉았다. 그리고 그의 어깨를 툭툭 치며 말했다.

"내 체질이 이상한 게 아니라 푸우가 정상이 아닌 거야."

"서운합니다, 보스."

제라드를 돌아보는 이혁의 눈이 커져 있었다.

"서운씩이나?"

"그럼요. 저를 낳고 부모님이 얼마나 기뻐하셨는데 정상이 아니라뇨!"

제라드의 통통한 볼이 불퉁거리며 빵빵하게 부풀었다.

이혁은 찔끔한 기색이 되었다.

그는 제라드의 부모가 살고 있는 미국의 애리조나에 가끔 간다. 그의 모친 줄리는 사람을 배려할 줄 아는 데다 음식 솜씨까지 훌륭한 여자였다.

이혁은 그녀가 만들어주는 음식을 좋아해서 일이 없을 때는 그곳에서 휴식을 취하곤 했다.

이혁은 혀를 차며 말했다.

"잘못했다. 줄리한테 이르지 마라."

제라드의 입가에 미소가 떠올랐다.

이혁은 부모 혹은 어머니란 말에 유난히 약했다.

제라드가 눈을 빛내며 물었다.

"어제 일은 잘되신 겁니까?"

"오늘 정오까지 연락을 준다고 했으니까 일단 기다려 봐야지. 그들이 거절할 거라고는 생각하지 않아. 그들은 내게 원하는 게 있고 노출된 이상, 나와 숨바꼭질을 하는 건 쓸데없는 시간 낭비라는 것 정도는 아는 자들일 테니까."

말을 하던 이혁의 시선이 노트북 모니터를 향했다.

모니터 상에는 복잡한 회계 프로그램이 떠 있었다. 복잡한 항목과 숫자들의 향연은 이혁이 가장 싫어하는 것 중의 하나다.

당연히 학교 다닐 때 수학도 못했다, 다른 과목도 수학만큼 못했다는 게 함정이긴 했지만.

그가 물었다.

"자금 사정은 어때?"

제라드는 큰 눈을 껌벅거렸다.

이혁은 물욕도 없고 자금이 어떻게 사용되고 있는지에 대한 관심도 없는, 아주 특이한 유형의 보스였다.

지금처럼 먼저 물어보는 경우는 극히 드물었다. 그래서 언제나 자금 사정에 대한 보고는 제라드가 먼저 했다.

"웬일이세요?"

"그냥 궁금해서."

"사실 자금과 관련해서 보스께 말씀을 드릴까 말까 고민하던 것도 있었는데 마침 잘되었습니다."

"그런 게 있었어? 진작 얘기하지. 말해봐."

제라드는 작정한 기색으로 입을 열었다.

"이번에 보스께서 나이지리아를 다녀오면서 생긴 돈이 4천만 달러 정도 됩니다."

"그놈들, 꽤 많이도 해 먹었군."

이혁은 유스푸와 가르디, 아디마를 제거하며 그들의 금융 계좌와 인출 방법에 관한 모든 것을 자백받았고, 그는 그것들을 제라드에게 보냈다.

제라드는 그것들을 인출해서 최단 시간 내에 추적이 불가능하도록 세탁했고.

테일러가 정보 분야의 전문가라면 제라드는 금융 분야, 특히 자금 관리와 세탁에 대해서는 타의 추종을 불허하는 스페셜리스트였다.

제라드가 말을 이었다.

"언제나처럼 대모님께 70퍼센트, 2천 8백만 불을 보내고, 나머지는 팀 운영비에 보탰습니다."

"그래서 지금 잔고가 얼마라는 거야?"

"5백만 달러가 조금 안 됩니다."

"5백만? 왜 그것밖에 안 돼?"

이혁은 이해할 수 없다는 표정으로 반문하며 말을 이었다.

"지금까지 들어온 거 70퍼센트를 멜리사에게 보내고 운영비로 많이 썼다고 해도 너무 적은 거 아니야?"

제라드는 고개를 끄덕였다.

"적죠, 많이 적습니다. 보스께서 지금까지 청부를 수행하고 받은 대금과 대상자들의 계좌를 털어 나온 것까지 합하면 20억 달러가량 되니까요."

"20억 중에 5백만밖에 남지 않았다고? 어떻게 된 거야?"

"대모께 보내고 남아 있어야 할 6억 달러의 대부분을 그동안 테일러와 리마가 흥청망청 써버렸습니다. 보스가 신경을 쓰지 않으셔서 그렇지, 그들의 과소비는 세계적 수준이라고요. 그들은 최신형 장비와 무기가 암시장에 나오면 일단 사고 봅니다, 보스. 헬기에 탱크까지. 바다에 우리 기지가 있었다면 잠수함도 샀을 겁니다. 폴란드의 장비 창고에 가보세요. 없는 게 없어요."

제라드는 이를 부드득 갈며 말을 이었다.

"두 사람은 대금 입금 전 단계까지 거래를 마치고 저한테 통보를 한다고요. 상대와 전쟁할 각오가 아니라면 계약을 깰 수도 없는 상황에서요. 다들 무기상들인데… 저는 어쩔 수 없이 대금을 결제할 수밖에 없었다고요. 제발 그 두 사람, 어떻게 좀 해주세요, 보스! 이러다가 파산할 지경이라고요."

그의 눈에서 불꽃이 튀었다.

얼마나 쌓인 게 많았는지 침도 튀었다.

이혁은 제라드에게서 멀찍한 곳까지 상체를 뒤로 물리며 말을 받았다.

"그래서 5백만?"

"그것도 제가 최선을 다해 그들을 막았기에 남은 겁니다."

"쩝."

이혁은 혀를 찼다.

테일러와 리마가 정보 장비와 무기에 집착하고 있다는 건 알고 있었다. 하지만 제라드가 말한 정도로 과소비(?)를 하고 있을 거라고는 생각하지 못했다.

이혁에게 무기란 있어도 그만, 없어도 그만인 무엇이었다.

암왕사신류의 무예는 무기에 의존하지 않는다. 환상혈조가 있으나 온몸을 무기로 쓰는 전승자에게 그것은 보조일 뿐이다. 그래서 이혁은 무기나 장비에 대한 사람들의 집착을 잘 이해하지 못했다.

그는 제라드의 어깨를 툭툭 두드리며 말했다.

"필요하니까 산 것이겠지."

"보스!"

제라드가 악을 쓰듯 이혁을 불렀다.

이혁이 어깨를 으쓱하며 말했다.

"릴렉스, 푸우. 적자도 아니잖아. 돈이야 벌면 되는 거고. 이 세상의 범죄 조직들이 우리 은행이나 다름없는데 고작 몇 억 달러 정도에 너무 열받지 마라. 운동이 아니라 지나친 스트레스로 살이 빠지면 줄리가 슬퍼할 거야."

"보… 스……!"

제라드의 목소리가 그의 심정을 말해주듯 부들부들 떨렸다.

이혁은 못 본 척 천장으로 눈을 돌렸다.

'이러다가 멜리사에게 거지 소리 듣는 거 아닌가 모르겠군. 마약왕 소리 듣는 놈들 중에 하나를 털까. 그놈들이 조세 피난처에 은닉해 놓은 재산이 수백 억 달러를 가뿐하게 넘어선다고 테일러가 전에 말했던 적이 있었는데……'

한국말에 호랑이도 제 말하면 온다는 말이 있다.

가벼운 발자국 소리와 함께 테일러가 거실로 들어섰다.

제라드는 테일러를 째려보았다. 평소라면 테일러도 지지 않고 그를 노려보았을 것이다. 그런데 지금은 달랐다.

테일러는 그를 본체만체하며 무거운 얼굴로 이혁을 향해 입을 열었다.

"문제가 생겼습니다, 보스."

테일러의 얼굴이 저렇게 무겁게 변하는 경우는 극히 드물었다.

이혁은 미간을 찡그리며 물었다.

"문제? 어떤?"

"지난밤에 외국인 보호소의 루이가 살해당했습니다."

사안의 심각성을 직감한 이혁의 안색도 딱딱해졌다.

"옹플뢰르는 확인해 봤나?"

테일러는 입술을 깨물었다.

그의 얼굴을 본 이혁이 자리에서 일어났다.

"하루카와 아메네 자매에게도 문제가 생겼군."

"실종 상태입니다."

이혁의 안색은 차가웠다.

"사람을 붙여놓았잖아?"

"네, 캐피블랑 출신의 요원 셋입니다. 그들은 시신으로 발견되었습니다."

'캐피블랑'은 프랑스 외인부대 레종 에뜨랑제의 애칭이다.

5년간의 의무 복무 기간 동안 강도 높은 훈련과 세계 각지의 분쟁 지역에 파견되어 실전을 거듭하는 캐피블랑 출신자들은 자타가 공인하는 전투의 전문가들이다.

"셋은 어떻게 죽었나?"

"맨손과 칼에 당한 상처였습니다."

이혁의 눈빛이 깊어졌다.

'동양 계통의 인상착의와 무예를 이용한 살인……'

며칠 전 멜리사에게 들은 얘기가 떠오른 건 자연스러운 일이었다.

'앙천의 살수들인가……'

그가 물었다.

"리마는?"

"영국행 비행기에 타고 있다는 연락을 받았습니다."

"영국?"

"제가 알아봐 달라고 한 게 있는데 단서를 잡은 모양입니다."

이혁은 고개를 끄덕였다.

은남디 아지키웨 공항에서 만났을 때 리마는 테일러가 부탁한 게 있다며 그곳에 남았다.

"오라고 할까요?"

"관둬. 리마가 왔을 때쯤이면 상황은 종료된 후일 거야."

"예."

테일러는 이혁이 일처리 속도가 어떤지를 잘 안다.

오지 말라고 했지만 이혁은 리마가 아쉬웠다.

그녀는 그를 보조할 수 있는 유일한 전투 요원이었다, 그것도 대단히 탁월한 능력을 가지고 있는.

"그놈들에 대한 추적은?"

테일러는 지체 없이 대답했다.

"새벽 5시에 육로를 통해 옹플뢰르에 들어간 동양계 남자들 그룹이 있었습니다. 그들은 회색의 르노 에스빠스 두 대에 나눠 타고 움직였습니다. 숫자는 일곱에서 아홉 명 정도입니다. 그들은 한 시간 뒤 옹플뢰르를 떠났습니다. 지금 그 차들을 찾고 있는 중입니다."

"최대한 빨리 찾도록."

"예."

테일러는 침울한 얼굴로 고개를 숙이며 말을 이었다.

"루이가 옹플뢰르를 알고 있을 거라고 생각지 못한 제 불찰입니다, 보스."

"잘잘못을 따지는 건 의미가 없어. 그녀들을 찾아. 놈들은 나를 찾고 있는 거야. 내가 머무는 장소에 대한 정보를 얻게 되면 그녀들은 살아남지 못해. 그전에 그들을 찾아야 해."

"최선을 다하겠습니다."

"최선 갖고는 안 돼. 죽을 각오로 찾아. 벌써 여러 시간이 지났어."

하루카와 아메네 자매는 여자다. 목적을 위해 수단 방법을 가리지 않는 자들의 수중에서 오래 버티지 못할 것이다. 그리고 자백의 결과는 불을 보듯 뻔했다.

"예."

테일러는 이를 악물며 대답했다.

이혁과 관련된 사람과 장소에 대한 정보 차단과 주변 경호는 그의 고유한 업무였다.

평소 완벽하다고 장담하던 그의 영역에 구멍이 난 것이다. 참담한 기분이었다.

이혁은 천천히 주먹을 거머쥐었다.

꿀꺽.

테일러와 제라드는 자신도 모르게 침을 삼켰다. 이혁의 전신에서 일어나고 있는 공포스러운 살기가 입 안에 침을 바짝 말리고 있었다.

테일러가 거실을 나갔다.

그가 떠나자 이혁은 창가로 다가섰다.

'그녀들이 해를 당한다면… 너희는 지옥을 보게 될

거야.'

그는 호주머니에서 휴대폰을 꺼냈다.

그는 파리로 돌아온 후 리마가 권고한 대로 테일러에게서 휴대폰을 받았다.

생김새는 스마트폰의 초기 형태여서 볼품이 없었다. 하지만 내부 부품 사양과 성능은 세계 최고 수준의 물건이었다.

휴대폰을 연 그는 액정의 키패드를 눌렀다.

[미스터 리?]

휴대폰의 스피커에서 놀람과 반가움이 가득한 제이슨의 목소리가 흘러나왔다. 이혁이 그에게 먼저 전화를 거는 경우는 극히 드물었다.

"예, 접니다. 도움이 필요합니다."

[응? 미스터 리가 내 도움을? 해가 서쪽에서 뜨겠군.]

제이슨은 연이어 물었다.

[무슨 일인가?]

"앙천에서 파리로 살수들을 보낸 것 같습니다. 목표는 접니다. 그들에 대한 정보가 필요합니다."

[SOD(Sky of Disaster:殃天)가?]

제이슨의 목소리가 심각해졌다.

앙천이 해외로 세력을 넓히기 전에도 CIA는 그들을 주목했다.

그리고 그들이 외부 세계에 본격적으로 등장한 뒤부터는 수집 가능한 모든 정보를 축적해 왔다.

중국은 미국에 버금가는 초강대국으로 성장하는 나라다.

그곳에서 정관계와 재계는 물론이고 암흑가에 걸쳐 가장 강력한 영향력을 행사하는 조직이 앙천이었다.

"테일러도 앙천까지는 손이 미치지 않습니다."

[그건 그렇지. 그의 눈이 밝긴 해도 동양 구석구석의 세세한 곳까지 미치지 못하는 게 사실이긴 하지.]

동종 계통에서 일하는 터라 제이슨도 테일러를 잘 알았다. 그의 능력도 인정하고 있었다.

하지만 테일러의 능력이 아무리 뛰어나다 해도 CIA를 넘어설 수는 없었다.

제이슨이 말을 이었다.

[알았네. 언제까지?]

"한 시간 이내로요."

[번갯불에 콩 구워 먹을 친구구만. 그 안에 어떻게든 해보지. 레나에게도 얘기해 줄까?]

이혁은 제이슨이 보지 않는데도 고개를 휘휘 내저었다.

"아니요, 됐습니다. 그녀도 바쁜 일이 있는 듯했습니다."

레나는 나이지리아에서 이혁과 헤어졌다. 물론, 그녀의 뜻은 아니었다.

독수리의 발톱 마스터가 호출하지 않았다면 그녀는 이혁과 떨어지려 하지 않았을 것이다.

제이슨이 웃음기 어린 음성으로 말을 받았다.

[알았네.]

전화가 끊겼다.

이혁은 팔짱을 꼈다.

이 세계의 도움은 순수하지 않다.

언젠가는 받은 만큼 줘야 한다.

이혁도 알고 제이슨도 그것을 안다.

빚을 지는 걸 싫어하는 이혁이었지만 그런 걸 따지고 있을 시간이 없었다.

손가락 하나도 움직이지 않으며 우뚝 서 있는 그의 모습은 석상을 연상시켰다.

지금은 기다려야 할 시간이었다.

제3장

차창 밖으로 거리의 가로수들을 무심하게 보며 보고를 받던 팔츠 백작의 입가에 비릿한 미소가 떠올랐다.

　그가 토니를 돌아보며 말했다.

　"일을 할 줄 아는 자들이로군."

　토니도 가볍게 웃으며 말을 받았다.

　"예. 중국에 '쾌도난마(快刀亂麻)'라는 말이 있다던데 그자들이 그런 식으로 움직이는 것 같습니다."

　"쾌도난마?"

　"고르디우스가 매듭을 끊는다[Cutting the Gordian knot]는 속담과 비슷한 뜻을 가진 말입니다."

"토니."

"예."

"어려운 말 쓰지 마라."

토니가 고개를 푹 숙였다.

"죄송합니다."

"그들의 행선지가 어디지?"

"파리로 들어오겠다고 했습니다."

"다시 파리로?"

"저도 굳이 돌아올 필요가 있냐고 물었더니 찾아야 할
자가 파리에 있는데 왜 밖에 있어야 하냐고 오히려 되묻
더군요."

"자신이 지나치군."

몽롱해 보일 정도로 느긋하던 팔츠 백작의 눈빛이 사
나워졌다.

토니의 얼굴도 긴장으로 뻣뻣해졌다.

팔츠 백작의 별명은 '파이어 골렘'이다. 그 명칭은
'빛의 고리'와의 전쟁 때 생겼다.

그가 쓰는 능력과도 관련이 있긴 했지만 그 별명이 붙
은 주된 이유는 불처럼 뜨겁고 파괴적인 그의 성격 때문
이라고 보는 게 옳았다.

"무스펠들은?"

"언제든 뛰어들 수 있는 위치를 잡고 있습니다."

"실시간으로 보고 싶군."

"그러실 것 같아서 준비해 놓으라고 지시했습니다. 선명하진 않아도 가능할 겁니다."

"좋아, 오늘 점심은 아주 맛있겠군."

백작은 눈을 감았다.

토니는 숨을 죽였다.

거대한 롤스로이스는 미끄러지듯 거리를 가로질렀다.

그들은 점심 식사를 하러 가는 길이었다.

                    *   *   *

파리 16지구 주택가 인근의 고풍스런 커피숍.

밖에 마련된 파라솔 밑에서 커피를 마시던 작고 늙은 여인이 눈을 가늘게 떴다.

한여름에 어울리지 않는 정장을 잘 차려입은 중년 신사 두 명이 그녀를 향해 똑바로 걸어오고 있었다.

그녀 앞에 도착한 두 사람은 함께 허리를 숙였다. 대단히 정중한 태도였다.

"오랜만에 뵙습니다, 어머니."

말을 한 사람은 단정한 감색 슈트 정장 차림의 중년 신사였다.

늙은 여인의 주름진 얼굴에 희미한 미소가 떠올랐다.

"로드가 직접 바다를 건너 올 거라고는 생각하지 못했구먼."

멜리사의 눈에 진한 감회가 어렸다.

로드의 그림자인 앨빈도 멜리사를 향해 고개를 숙였다.

고개를 든 로드가 멜리사를 보며 입을 열었다.

"놀라지 않으시는군요."

"이맘때쯤 올 거라 생각하고 있었네."

"아무튼 건강하신 모습을 보니까 다행입니다."

멜리사는 빙그레 웃었다.

"많이 늙었구려, 로드."

"저야 세월의 영향을 그대로 받는 보통 사람이니까요."

"앉으시게."

멜리사는 두 사람에게 맞은편의 자리를 권했다. 두 사람이 앉자 중년의 카페 여주인이 주문을 받아갔다.

탁자 위에 커피가 놓일 때까지 두 사람은 아무도 입을 열지 않았다.

여종업원이 안으로 들어가자 멜리사가 로드를 보며 말했다.

"그건 그렇고, 파리까지는 웬일들이신가?"

"우리가 제노사이더를 택하게 된 과정을 돌아보다가 어머니의 그림자를 보았습니다. 우리가 그를 택한 것, 어머니의 뜻이었습니까?"

멜리사는 부인하지 않았다.

로드는 생각 없이 일을 처리하거나 헛된 말을 하는 사람이 아니었다. 로드를 그렇게 키운 사람이 그녀였다.

"로드의 생각이 맞을 거네."

로드는 멜리사의 눈을 똑바로 마주 보며 말했다.

"제노사이더가 에드워드를 방문해 저와 연락하고 싶다고 했습니다."

"에드워드가 파리에 있었는가?"

로드의 눈썹이 신경질적으로 꿈틀거렸다.

"알고 계셨지 않습니까?"

"흠흠……."

먼 산을 보며 헛기침을 몇 번 한 멜리사가 툭 던지듯

물었다.

"연락이나 하면 되지, 직접 바다를 건널 필요까지 있나?"

"변죽이나 울릴 상대가 아니라고 생각되어서 이렇게 온 겁니다."

멜리사의 눈가에 미소가 번졌다.

"로드의 현명함은 여전하구려."

로드가 눈살을 찌푸렸다.

"계속 '로드'라고 부르시는군요. 어머니께도 '로드'라 불리고 싶지는 않습니다."

"어리광이신가, 키안?"

로드, 키안은 쓴웃음을 지었다.

"어머니, 저도 곧 육십 세가 됩니다. 어리광을 피울 나이는 지났지요."

"자네 나이가 벌써 그렇게 되었나?"

키안은 슬쩍 한숨을 내쉬며 말했다.

"후우, 이해합니다. 어머니는 세월의 흐름을 느끼지 못 하시니까요."

"누가 들으면 내가 영생이라도 하는 자인 줄 알겠네."

"비슷하지 않습니까?"

"그럴 리가 있는가. 엘릭시르가 사라진 세상에 영생은 꿈일 뿐일세."

두 사람은 잠시 말을 멈추고 커피를 마셨다.

진한 커피 향이 두 사람 사이를 신기루처럼 떠돌았다.

탁자 위에 잔을 내려놓은 로드가 물었다.

"왜 그러셨습니까?"

"글쎄……."

멜리사는 잠시 생각에 잠긴 눈으로 키안을 보며 잔을 내려놓았다.

그녀가 닫혀 있던 입을 열었다.

"나는 자네와 켄이 서로에게 도움을 주는 사람이 될 수 있다고 생각한다네."

"켄이요?"

"켄 크루아흐. 그를 아는 사람들이 부르는 제노사이더의 이름일세. 물론, 본명은 아닐세."

"켈트 신화에 나오는 태초의 마신, 죽음의 신이 본명일 리는 없겠죠. 그렇다고 해도 별로 유쾌한 이름은 아니로군요."

"그건 동감이네만, 그를 죽어라 쫓아다니는 여자아이가 붙여준 애칭이라 아무도 그것을 바꾸지 못하고 있다네, 그 여자아이의 성격이 대단하거든. 호호호."

멜리사는 가볍게 웃었다.

키안은 혀를 차며 물었다.

"그런데 저와 그가 서로를 도울 수 있다는 게 무슨 말씀이십니까?"

"자네 스스로 잘 알고 있지 않은가? 자네는 지혜로운 사람이지만 전투력이 그것을 뒷받침해 주지 못하고 있지. 켄은 그 부분을 훌륭하게 보완해 줄 수 있는 사람일세."

키안은 탄식했다.

"어머니는 긍정적인 방향으로만 생각하시는 것 같습니다. 그가 왜 저를 돕겠습니까? 그럴 이유가 없지 않습니까? 오히려 그가 저와 적대하는 최악의 상황이 현실화될 가능성이 더 크다는 생각이 듭니다만."

"그건 자네가 켄을 모르고 있기에 하는 말일세. 그와 자네는 접점이 있어. 그것을 찾으면 동료가 될 수 있을 걸세."

키안은 답답해하는 얼굴로 물었다.

"구체적으로 말씀해 주실 수는 없습니까?"

멜리사는 빙긋 웃으며 작은 어깨를 으쓱했다.

"그러면 재미가 없지 않겠나?"

키안은 어쩔 수 없다는 듯 쓰게 웃었다.

멜리사의 성격을 모르지 않는 그였다. 더 재촉해 보았자 그녀가 답을 줄 가능성은 전혀 없었다.

커피를 한 모금 마신 그가 잔에서 입술을 떼며 물었다.

"어머니는 엘릭시르에 대한 미련을 버리신 겁니까?"

멜리사의 눈빛이 깊어졌다.

그녀는 빙그레 웃으며 반문했다.

"어떨 것 같은가?"

"모르겠습니다. 어머니는 제가 판단할 수 있는 범위 안에 계신 분이 아닙니다."

키안은 호수처럼 깊은 눈으로 멜리사를 보며 말을 이었다.

"하지만 언젠가는 알게 되겠죠."

멜리사의 미소가 짙어졌다.

"그럴 걸세. 모든 비밀의 답은 시간 속에 있으니까 말일세."

그녀가 생각난 듯 슬쩍 말을 이었다.

"동양에도 불사와 영생을 꿈꾸던 사람들이 있었네. 일부는 혹독한 수행을 통해서 그것을 얻으려 했고 일부는 다른 방법을 취했지. 켄은 한국인일세."

멜리사가 한 얘기는 지금까지 이어지던 것과 동떨어진, 뜬금없는 것이었다. 보통 사람은 영문을 알 수 없었을 것이다.

하지만 키안은 달랐다.

그의 미간에 깊은 골이 패였다.

생각이 깊어지면 나타나는 습관이었다.

멜리사가 그를 보며 말했다.

"키안, 자네가 내 아침의 평온을 너무 오래 깨고 있다는 생각이 들지 않는가?"

키안은 자리에서 일어났다.

그와 앨빈이 정중하게 멜리사를 향해 고개를 숙였다.

"죄송합니다. 그리고 감사했습니다."

"잘해보시게."

"실망시키지 않도록 노력하겠습니다."

"믿네."

"자주 찾아뵙겠습니다."

"그건 별롤세."

멜리사는 귀찮다는 표정으로 고개를 저었다.

키안과 앨빈은 담담한 미소를 지으며 등을 돌렸다.

멜리사는 어느새 비어버린 커피 잔을 들었다.

카페 여주인이 바람처럼 달려와 그녀의 잔에 뜨거운 커피를 채웠다.

걸음을 옮기며 키안이 앨빈에게 말했다.

"동양에서 영생불사를 쫓았던 자들에 대한 기록을 정리해 주게, 한국과 그들의 접점에 대해서도."

"알겠습니다, 로드."

"오전 중에 부탁하네. 그를 만나기 전에 생각을 다듬어 두고 싶네."

"예."

어쩌면 동양의 역사 전체를 뒤져야 할지 모르는 대작업이었다. 시간이 충분하다면야 문제될 게 없었다. 그러나 키안의 요구는 네 시간 안에 자료를 준비해 달라는 것이었다. 필요한 자료 제목만 봐도 모자랄 시간이었다. 그런데도 대답하는 앨빈의 얼굴에 부담스러워 하는 기색은 눈곱만치도 보이지 않았다.

두 사람은 말없이 걸음을 옮겼다.

거리에 사람들이 많아지고 있었다.

*   *   *

[앙천에서 파견한 자들은 혈수대라는 이름을 갖고 있더군. 총원은 일곱인데 다행히 몇 년 동안 태국과 미얀마를 비롯한 동남아 내륙지역에서 활동을 해와서 사진 자료가 좀 있었네. 자네 휴대폰으로 그것들을 전송했네.]

제이슨은 이혁이 원하는 것이 무엇인지 아는 듯 그가 필요한 것들을 정확하게 짚고 있었다.

제이슨이 말을 이었다.

[앙천의 무력을 담당하는 조직을 그들은 외무단(外武團)이라고 부르네. 우리가 파악한 바로는 외무단을 구성하는 스쿼드는 모두 다섯 개일세. 그들의 명칭을 다 아는 건 아니네만 혈수대라는 이름이 그중에 들어 있더군. 그들이 동남아 내륙에 나타난 건 4년 전일세. 그리고 1년 후에 각 국의 폭력 조직들을 하나로 통합했지. 개개인이 중국 무술의 달인들이고 현대식 무기도 능숙하게 다루는, 잔혹하기 이를 데 없는 자들일세.]

심각한 내용인데도 제이슨의 어조는 가벼웠다.

그는 전장에서 적을 상대할 때의 이혁을 잘 아는 남자였다.

이혁이 말을 받았다.

"수고하셨습니다."

[자네가 필요하다는데 이 정도가 대수일까.]

"나중에 한잔 사죠."

[펍은 사양이야.]

"제대로 대접하겠습니다."

[기대하겠네.]

이혁은 휴대폰을 끊었다.

그의 시선이 도로 건너편의 5십여 미터 떨어진 곳에 있는 2층 건물을 향했다.

"가까운 곳에 있었군."

그가 있는 곳은 파리 남부 지역인 방브의 골목이었다.

방브는 주말에 열리는 벼룩시장으로 유명한 지역이었다. 하지만 오늘은 시장이 열리지 않는 평일 오전이라 거리엔 사람이 많지 않았다.

이혁의 시선이 향한 건물과 옆 건물 사이의 좁은 공간에는 회색의 밴 두 대가 일렬로 서 있었다.

테일러가 언급했던 르노사의 에스빠스였다.

이혁은 호주머니에서 장갑을 꺼내 손에 꼈다. 손가락 둘째 마디부터 밖으로 드러나는 라이더 장갑이었다.

그는 몸에 달라붙는 검은 반팔 티에 같은 색의 청바지

를 입고 있었다.

　정오가 가까워 오고 있는 환한 대낮이라 동양계인 그의 옷차림은 눈에 확 띄는 것이었다. 하지만 지나가는 사람들 중 그에게 시선을 주는 사람은 한 명도 없었다.

　그가 이룬 암왕사신류의 은신법은 점점 더 경지를 더해가고 있어서 이제는 무영경을 펼치지 않아도 보통 사람들은 존재감을 잘 느끼지 못하는 것이다.

　테일러는 한 시간이라는 제한 시간 내에 루이를 죽이고 하루카와 아메네 자매를 납치한 것으로 추정되는 자들의 종적을 찾아냈다.

　그것을 위해 그는 프랑스 정부 기관부터 인공위성까지 동원 가능한 모든 것을 투입했다. 거기에 CIA의 부탁을 받은 프랑스 국내 중앙 정보국(DCRI)이 테일러를 지원했다.

　이혁은 한 걸음을 내딛었다.

　다음 순간, 그의 모습이 환영처럼 골목에서 사라졌다.

　절대무쌍의 암향무영이 본격적으로 펼쳐진 것이다.

　　　　　　*　　　　　*　　　　　*

어떤 경우에도 표정의 변화가 없어서 포커페이스라는 별명을 갖고 있는 혈수대주 화이걸은 만족스러운 눈으로 주변을 돌아보았다.

어두운 건물 내부는 크고 작은 박스 더미들로 미로를 이루고 있었다.

미로는 중국 병법에 전해지는 팔괘의 이치가 숨어 있어, 그것을 알고 있지 못한 자는 들어서서 몇 걸음을 걷기 전에 길을 잃을 수밖에 없었다.

오진평이 화이걸에게 말했다.

"대주, 준비는 끝났습니다."

화이걸은 고개를 끄덕이며 입을 열었다.

"무스펠하임이 준 정보 대로라면 제노사이더는 전투력은 물론이고 잠입과 은신에도 일가견이 있는 자다. 그런 스타일은, 허점을 찾아내는 남다른 안목을 가진 경우가 많지. 방심하면 그 순간이 이승과 이별하는 때라는 각오로 기다린다."

"예."

옆에 있는 오진평을 비롯해서 어둠 속 여기저기서 대답하는 소리가 들렸다.

화이걸이 오진평에게 고개를 돌렸다.

"그가 에스빠스를 찾는 데 얼마나 걸릴까?"

"무스펠하임은 그가 대단한 정보력을 가지고 있는 듯하다고 했습니다. 그들의 추측이 옳다면 제노사이더는 오전을 넘기기 전에 이곳에 올 겁니다, 대주."

"좋아, 이제 전투 대기에 들어간다."

"예."

건물 내부는 깊은 침묵에 잠겼다.

도로에 면한 2층 건물은 다른 건물들에 의해 삼면이 둘러싸여 있었다.

*　　　　　*　　　　　*

붉은 벽돌로 지어졌고, 멀리서 볼 때보다 무척 컸다. 앞에 현관이 있고, 좌우 벽면에 커다란 유리창이 있었다.

5백 평이 넘어 보이는 1층의 면적이나 형태로 볼 때 주거용은 아니었다.

사무실로 사용할 만큼 쾌적해 보이지도 않았다. 공장으로 사용하기에는 창문이 너무 적었다.

얼핏 보아도 창고로 쓰이던 건물인 듯했다.

이혁은 무영경 이십사절의 침투술 정화인 암향무영과

묘행보, 그리고 사신암행까지 펼치며 건물에 접근했다.

건물의 창은 굳게 닫혀 있었다. 그리고 블라인드까지 드리워진 상태였다. 육안으로는 내부를 볼 방법이 없었다.

창가의 그늘 아래 선 이혁은 감각에 이목을 집중했다.

그는 첨단 감시 장비들로 도배가 되다시피 했던 가르디나 아디마의 근거지에 침입할 때보다도 더 조심하고 있었다.

그것은 건물 안에 있는 적이 무예를 익힌, 외부의 장비가 아니라 혹독한 수련 속에서 감각을 단련한 자들이기 때문이었다.

이혁에게는 첨단 장비나 초상능력을 가진 적보다 무예를 익힌 이런 자들의 이목을 피하는 게 더 까다로웠다.

이혁은 건물 외벽의 그늘 아래로 미끄러지듯 스며들었다.

안으로 와룡천망의 기막을 흘려보낸 그의 눈이 번뜩였다.

'이들은 내력을 제대로 통제할 줄 안다. 체육관에서 가르치는 수준의 무예를 익힌 자들이 아니다.'

기막에 십여 명의 기운이 잡혔다. 그리고 그들 대부분은 이혁의 심상에 모호한 형태로 나타났다.

그것이 의미하는 바는 하나였다.

와룡천망의 기막은 오직 한 부류의 인물들에게만 제 기능을 발휘하지 못한다.

내력을 이용해 은신하는 기법을 익히고 평소에도 그것을 자연스럽게 펼치고 있을 수 있는 자들. 고대 무림계에서 살수(殺手)라 부르던 자객(刺客) 계열의 무예를 익힌 무인(武人)들이 그런 부류에 속했다.

안에 있는 자들은 살수들이었다.

잠시 후 이혁은 이를 악물었다.

무시무시한 살기가 그의 두 눈을 핏빛으로 물들이고 있었다.

'만약……'

그는 생각을 중단했다. 그의 감각이 잘못되었을 확률은 제로에 가까웠다. 그래도 확인해야 했다.

이혁은 자신의 기감에 이상이 생겼기를 진심으로 바랐다, 헛된 것이라는 것을 누구보다도 잘 알면서.

그의 손끝에서 반투명한 혈광이 어른거리며 환상혈조가 모습을 드러냈다.

유리를 두부처럼 파고든 환상혈조가 소리 없이 좌우로 움직이더니 창에 직사각형의 구멍이 났다.

떼어낸 유리를 바닥에 내려놓은 이혁은 구멍으로 몸을

밀어 넣었다.

내부는 불이 꺼져 있었다. 게다가 창마다 블라인드가 창턱까지 내려져 있어 안은 어둠침침했다.

이혁은 가라앉은 눈으로 중앙을 바라보았다.

내부는 정체를 알 수 없는 커다란 박스들이 수십 개의 지게차용 파렛트 위에 차곡차곡 쌓여 있었다.

어른의 허리 높이에서부터 천장에 닿을 만큼 높이 쌓여 있는 것들까지, 박스들의 높이는 다양했다.

박스 더미가 놓인 파렛트 사이로 성인 두 명이 간신히 지나갈 만한 통로가 나 있었다. 중앙으로 가기 위해서는 그 좁은 통로를 지나야 했다.

머릿속으로 내부의 전경을 복기하던 이혁의 입가에 차가운 미소가 떠올랐다.

'제갈공명의 '팔진도'의 이치를 섞어서 만들었군. 다른 사람에게는 통할지 몰라도, 내게는 아니야. 너희는 나에 대해 아무것도 모른다.'

암왕사신류의 다른 이름은 '자객지왕(刺客之王)' 혹은 '살수지왕(殺手之王)'이다. 정면대결에서는 적이 있을 수 있으나 암습에서는 절대무쌍이라 불리는 문파다.

잠입을 위해서는 목표의 주변 경계 태세를 파악해야 한

다. 고대엔 경계 태세로 진법을 사용하는 경우가 흔했다.

당연히 사신류의 비전 중에는 진법을 돌파하는 기법, 파진법(破陣法)이 포함되어 있다. 그리고 이혁은 그것을 배운 당대의 전승자다.

이혁은 섬뢰잠영공을 일으켰다.

그는 깃털처럼 가벼워진 몸으로 전진했다. 앞으로만 가는 건 아니었다.

앞에 길이 있음에도 옆으로 빠지기도 했고, 가다가 뒤로 후퇴하기도 했다. 제자리를 빙빙 도는 일도 빈번했다.

전진하던 이혁은 불과 몇 미터 정도밖에 떨어지지 않은 박스 더미의 위나 뒤편에 은신하고 있는 자들의 기척을 손에 잡힐 듯 느낄 수 있었다.

'일곱……'

그가 느낀 기척의 총 수는 일곱이었다.

손만 뻗으면 은신하고 있는 자의 심장에 환상혈조를 찔러 넣거나 목을 벨 수 있었다. 하지만 이혁은 그렇게 하지 않았다.

그는 적들의 기척을 완전히 무시했다.

싸움은 언제든지 할 수 있었다.

그가 이 자리까지 온 건 하루카와 아메네 자매를 구출

하기 위해서였다. 적을 제거하는 건 나중 일이었다.

미로는 복잡했다. 그러나 이혁의 앞을 막기에는 역부족이었다. 그가 중앙에 도착할 때까지 걸린 시간은 1분이 채 되지 않았다.

중앙은 십여 평가량 되는 작은 공터였다.

그곳을 중심으로 여덟 개의 길이 나 있었다. 이혁이 들어선 길은 서쪽, 팔괘의 태(兌) 방이었다.

이혁의 생각대로 박스들은 팔괘의 이치대로 배열되어 있었던 것이다.

출입구 박스의 그늘 아래에 우뚝 서서 중앙 공터를 본 이혁의 안색이 돌처럼 딱딱해졌다.

조금씩 그의 두 눈이 핏빛으로 물들어갔다.

중앙 공터엔 세 여자가 있었다.

하루카와 아메네, 그리고 쿠메였다.

그들의 모습은 처참했다.

하루카는 발가벗은 알몸이었다. 그리고 그녀의 몸은 자신이 흘린 핏물 속에 누워 있었다.

그녀의 팔다리는 절단된 채 사방에 널려 있었고, 사타구니는 사내들의 허연 정액이 커다랗게 말라붙어 있었다.

여러 사내에 의해 윤간당한 흔적이었다.

그녀의 숨은 이미 끊어져 있었다.

이혁은 그녀의 사인이 과다 출혈에 의한 쇼크사임을 한눈에 알아보았다.

사지가 절단된 상태에서 그녀는 시시각각 다가오는 죽음을 직면해야 했을 것이다. 얼마나 한이 컸는지 그녀는 죽어서도 눈을 감지 못했다.

아메네와 쿠메는 아직 살아 있었다. 두 손이 묶인 채로 그녀들은 하루카의 시신 옆에 꿇어앉아 있었다.

강간을 당하지는 않은 듯 옷차림은 흐트러져 있지 않았다.

이혁은 붉게 변한 눈으로 묵묵히 하루카를 바라보았다.

그녀와의 인연은 아주 짧았다.

나이지리아에서 같이 보낸 며칠과 파리에서의 하룻밤을 보태도 열흘이 되지 않았다. 하지만 그녀가 인생을 치열하게 살고 있는 멋진 여자라는 걸 아는 데는 부족하지 않은 시간이었다.

그는 천천히 어둠 속에서 걸어나오며 중얼거렸다.

"좋은 일을 하며 선하게 산다고 해서 축복받을 수 있는 세상이 아니란 걸 알지만 그래도 이건 너무하잖아……."

꽉 잠긴 목소리였다.

갑자기 들려온 낯익은 목소리에 고개를 숙이고 있던 아메네와 쿠메가 고개를 들었다.

그녀들의 초점 없던 눈에 빛이 돌아왔다. 그리고 눈앞에 서 있는 남자를 알아차린 그녀들의 눈에 눈물이 고였다.

"켄……."

"아저씨……."

이혁은 그녀들을 향해 고개를 끄덕여 보이고는 하루카의 옆에 한쪽 무릎을 꿇었다. 바지에 스며든 핏물 때문에 무릎과 종아리가 척척해졌다.

이혁은 손을 들어 하루카의 부릅뜬 눈을 감겨주었다.

손을 뗀 그는 자리에서 일어나 옆으로 갔다. 그리고 아메네와 쿠메의 손목을 묶고 있는 테이프를 간단하게 끊어냈다.

그가 아메네를 보며 말했다.

"쿠메와 함께 있어라. 잠시면 돼. 금방 끝날 테니까."

아메네는 말도 하지 못하고 고개만 아래위로 정신없이 끄덕거렸다.

이혁은 느릿하게 일어났다.

그가 나온 반대쪽 출입구, 팔괘의 진(震:동쪽) 방향에 삼십대로 보이는 애꾸눈 사내가 두 자루의 유엽도(길이 1

미터가량의 날이 휘어진 곡도의 일종)를 들고 우뚝 서서 그를 보고 있었다.

움직이기 편한 검은색 트레이닝 복 차림의 그는 오진평이었다.

"네가 제노사이더? 생각보다 많이 젊은 놈이로군."

이혁은 힐끗 오진평이 들고 있는 두 자루의 유엽도에 시선을 주며 말을 받았다.

"고전적이군."

오진평이 입가에 비웃음을 머금으며 두 자루의 유엽도를 가볍게 터는 시늉을 했다.

"총 따위에 의지하는 자라면 무인이라 할 수 없지."

이혁은 움켜쥔 오른손을 들어 올리며 말을 받았다.

"모처럼 동류를 만나는 느낌인데."

오진평의 눈동자에 핏발이 섰다.

"네놈 손에 죽은 형제들의 핏값을 받아내려 혈수대가 왔다. 솜씨가 있기를 바란다. 소문만 요란한 놈이면 너무 맥 빠질 것 같아서 말이야."

이혁은 흰 이를 드러내며 소리 없이 웃었다.

얼음처럼 차가운 미소였다.

그의 어깨가 꿈틀거리며 앞으로 발이 한 걸음 나갔다.

오진평은 유엽도를 고쳐 잡으며 눈을 빛냈다. 그의 손
에 들린 유엽도는 길이가 70센티로 쇠도 끊을 정도로 예
리했다.

가늘고 길게 숨을 내쉬는 그의 눈동자가 가늘게 떨렸다.

말은 여유 있게 했지만 그의 마음은 긴장으로 가득 차
있었다.

이혁이 발을 떼는 것을 본 그는 유엽도를 십자로 교차
시키며 마주 달려나가려 했다. 하지만 그의 두 발은 움직
이지 않았다.

만근 무게가 그의 전신을 누르고 있는 듯했다.

오진평은 멍한 눈으로 앞을 바라보았다.

가슴 앞에서 십자로 교차된 쌍도 위에 사람의 발이 보
였다.

발의 주인은 이혁이었다.

이혁과 그의 거리는 5미터가 넘었다.

눈을 똑바로 뜨고 있었는데도 그는 이혁이 그 거리를
어떻게 좁혔는지 보지 못했다. 당연히 몸을 솟구쳐 유엽
도 위에 올라선 것도 보지 못했다.

칼을 든 손이 떨어져 나갈 듯 무거웠다. 이혁이 천근
추의 수법을 펼쳐 몸을 무겁게 만든 때문이었다. 그러나

이 또한 오진평은 알지 못했다.

이혁과 오진평의 무술 수준 차이는 하늘과 땅처럼 컸다.

그것으로 승부는 났다.

이혁의 발이 움직였다.

쐐애액!

퍼석!

푸확!

번개처럼 날아든 이혁의 발에 미간을 차인 오진평의 목 위가 폭탄에 맞은 것처럼 폭발하며 사방으로 피와 골편이 튀었다.

"싸움은 입으로 하는 게 아니야."

나직한 이혁의 목소리가 허공을 울렸다.

공중에 떠 있던 그의 몸이 누군가 받쳐 주기라도 하는 것처럼 천천히 지면으로 내려왔다.

오진편의 시체에서 흐른 피를 밟고 선 채 그는 천천히 주변을 돌아보았다.

무시무시한 살기가 안개처럼 사방을 휘감았다.

제4장

이혁은 몸을 감출 생각을 하지 않았다. 적이 상대하기 쉽다고 생각해서가 아니었다.

　그는 하루카를 힐끗 돌아보며 중얼거리듯 말했다.

　"떠나기 전에 마지막으로 즐겨, 너에게 바치는 내 진혼의 춤을."

　저벅저벅.

　입술을 굳게 다문 이혁은 북서방향으로 난 출입구로 걸어갔다. 박스 더미들로 이루어진 통로에 들어섰지만 나서는 자도, 은밀하게 공격해 오는 자도 없었다.

　이혁도 별다른 움직임 없이 이리저리 꺾인 좁은 통로

를 묵묵히 걸을 뿐이었다. 하지만 이 정적이 오래가지 않을 거라는 걸 모르는 사람은 아무도 없었다.

공격은 이혁이 두 번째 꺾어진 지점을 돌아나갈 때 시작되었다.

그의 우측에 있는 박스 더미 위에서 박쥐를 연상시키는 검은 그림자가 기척도 없이 허공에서 떨어져 내렸다.

오진평과 같은 검은색 트레이닝 복을 입은 자였다. 그의 두 손에는 날카로운 톱니가 빼곡하게 박힌 수레바퀴 형상의 륜(輪)이 들려 있었다.

수직으로 떨어지는 륜이 노리는 건 이혁의 정수리였다.

륜은 등장과 거의 동시에 이혁에게 도달하고 있었다. 하지만 이혁은 걸음을 멈추지 않았다. 적에게 시선조차 주지 않았다.

륜과 그의 정수리 사이의 거리가 1센티도 되지 않았을 때, 이혁의 모습이 허깨비처럼 사라지며 그의 일보 앞에 나타났다.

그 속도는 눈으로 보고 있으면서도 알아차릴 수 없을 정도로 빨라서 륜을 든 자는 무기의 궤적을 바꿀 타이밍을 잡지 못했다.

쑤와악!

륜이 이혁의 머리가 있던 지점을 수직으로 갈랐다.

동시에 한 걸음 앞으로 나간 이혁이 왼손을 들더니 위를 향해 불쑥 내뻗었다. 활짝 펼쳐진 그의 손아귀는 륜을 든 자의 목을 노리고 있다.

륜을 든 자는 전력을 다해 아래로 몸을 던진 상태라 허공에서 몸을 뒤집을 수가 없었다.

운리번신(雲裏?身)류의 운신법은 경신술에서도 최상급에 속하는 기법이다. 그것을 펼칠 수 있는 능력자는 앙천 내에서도 손에 꼽을 정도로 적었다.

그리고 그중에 륜을 든 사내는 포함되어 있지 않았다.

이혁이 손을 뻗은 속도는 상당히 빨랐지만 두 발을 땅에 딛고 있었다면 피하지 못할 정도는 아니었다. 하지만 허공중에서는 피할 수 없는 속도였다.

륜을 든 사내는 이를 악물었다.

피할 수 없다면 베어야 했다.

그는 혼신의 힘을 다해 륜을 회수하며 다가오는 이혁의 어깨를 베어갔다.

어둠 속에서 내려다보는 그와 올려다보는 이혁의 눈이 마주쳤다.

그는 이혁의 눈에 어린 비웃음을 보았다.

덜컥!

강철 같은 손아귀가 사내의 목을 움켜잡았다. 강철 집게를 연상시키는 손에는 가공할 힘이 깃들어 있어 사내의 전신은 단숨에 무력화되었다.

이혁의 손은 륜보다 한 발 빨랐다.

진정 간발의 차였다.

그의 어깨를 베려던 륜이 힘없이 축 늘어졌다.

우드득!

소름 끼치는 소리가 울려 퍼지며 륜을 든 사내의 목이 한쪽으로 확 꺾였다. 길게 혀를 빼문 그 눈에서 빛이 꺼졌다.

이혁은 손을 털었다.

휙!

우당탕! 털썩!

허공을 날아간 사내의 시신은 박스 더미와 부딪쳤다가 바닥으로 나뒹굴었다.

이혁의 서늘한 입매가 비틀리며 입술 사이로 무심한 음성이 흘러나왔다.

"주제 파악 못하는 자들이 살아남을 만큼 이 세계가

만만찮지."

죽은 자가 그의 말을 들을 리는 만무.

이혁도 시체가 들으라고 한 말은 아니었다.

그것을 증명하듯 그의 좌측 박스 더미의 그림자에서 누군가가 바람처럼 튀어나와 그의 옆구리를 향해 단검을 찔러 넣고 있었다.

스팟!

단검은 종이 한 장 차이로 이혁의 등을 훑으며 흘렀다.

오른발을 반 보 내딛으며 몸을 비틀어 단검을 흘린 이혁이 자신의 품으로 뛰어드는 자세가 되어버린 단검의 주인을 향해 흰 이를 드러내며 차갑게 웃었다.

그의 수도가 도끼질하듯 단검을 든 자의 귀밑을 강타했다.

퍽!

와작!

"크헉!"

기괴한 소음과 비명이 같이 터졌다.

머리의 반이 으스러진 사내가 해머에라도 얻어맞은 것처럼 바닥과 거세게 충돌하며 상체가 종잇장 구겨지듯 우그러들었다.

쾅!

바닥이 핏물로 검붉게 변했다.

"셋!"

이혁은 나직하게 숫자를 세며 다시 걸음을 내딛었다.

저벅저벅.

혈수대주 화이걸의 안색은 창백했다.

눈으로 볼 수는 없지만 들려오는 소리만으로 전투가 어떻게 진행되고 있는지 가늠하기는 어렵지 않았다.

일곱 명의 남자가 혈수대의 깃발 아래 함께 생활한 지도 벌써 30년 가까운 세월이 흘렀다. 그래서 그들은 서로에 대해 모르는 게 없었다, 병기가 공기를 가르는 소리를 듣는 것만으로도 그 주인이 누군지 알 수 있을 정도로.

'오진평… 류지… 상걸…….'

피를 나눈 친동생보다 더 아끼던 팀원들이 벌써 셋이나 죽었다.

악문 입술이 터지며 한줄기 핏물이 흘러내렸다.

'오만했어. 화기(火器)를 준비했어야 했다.'

후회가 가슴을 쳤다. 하지만 이미 늦었다. 몸은 물론

이고 밖에 있는 차에도 총기류의 현대식 무기는 없었다.

총을 준비하지 않은 건 혈수대가 본래 현대식 무기에 거부감을 갖고 있었기 때문이다.

하지만 이번 경우는 일곱 명 전원이 투입된 임무이기에 총을 쓸 일 따위는 생길 리 없다고 자신했기 때문이라고 보는 게 옳았다.

5년 전 한국 땅에서 벌어졌던 혈사(血史) 때를 제외하면 이제까지 앙천의 외무단 소속의 일개 대 전원이 투입되어서 임무에 실패한 적은 한 번도 없었다.

경험에서 우러난 자신감이었다. 그러나 그 자신감 때문에 혈수대는 지금까지 상대해 본 적이 없는 최강의 적을 고전적인 무기로 상대할 수밖에 없는 최악의 상황에 처해 버렸다.

화이걸은 숨을 깊게 들이마셨다.

'아직 넷이나 남았다. 우리는 결코 약하지 않다. 앙천의 혈수대는 적에게 언제나 재앙이었지 않은가!'

그는 팀원들을 믿었다.

하지만 이혁이 앙천 내에서 검마라 불리던 적무린을 죽인 당사자라는 것을 알고 있었어도 과연 그가 믿음을 유지할 수 있었을까.

이혁은 시간이 지날수록 가슴속 살기가 더 강해지는 것을 느꼈다. 그것은 외부로 흘러나가지 않았고, 오히려 소용돌이치며 내부에서 점점 더 날카롭게 다듬어져 가고 있었다.

지난 5년 동안 그는 수많은 전장에서 무수한 전투를 치렀다. 그 과정에서 인연을 맺었던 많은 사람의 죽음도 목격했다.

하지만 그들 중 하루카와 같은 경우는 없었다.

비록 사랑이라는 감정까지 느낀 여인은 아니라 해도 하루카는 그와 하룻밤을 함께 보낸 여인이었다.

그리고 하루카가 그에게 가진 감정은 그에 비해 상당히 깊었다. 무엇보다도 그녀는 그를 굳게 믿었다.

그는 자신을 사랑하고 믿었던 여인을 지키지 못한 것이다.

그도 자신이 활동하는 세계에서 언제든지 적에 의해 친인을 잃을 수 있다는 것을 모르지 않았다.

하지만 머리로 아는 것과 직접 겪는 건 완전히 다른 문제였다.

이혁은 기감이 가장 가깝게 느껴지는 곳으로 걸어갔

다. 거리는 10미터가 채 되지 않았다. 이 정도 거리는 와룡천망을 펼칠 필요도 없었다.

둘이 함께 있었다.

적들의 긴장도가 급격하게 올라가고 있는 것이 심상에 잡혔다. 적들이 숨어 있는 박스 더미와의 거리가 2미터 정도 되었을 때 그들이 움직였다.

슈슈슉!

뱀이 수풀을 가를 때 날 법한 작은 소리와 함께 어둠을 가르며 세 자루의 비도가 이혁을 향해 번개처럼 날아들었다.

그의 머리와 양쪽 가슴을 노린 품(品) 자형의 공격이었다.

이혁의 허리가 뒤로 휘청하며 직각으로 구부러졌다.

요가나 무용을 오래한 사람들도 허리를 뒤로 깊게 구부릴 수는 있지만 그 형태는 둥글게 된다.

이혁처럼 직각으로는 꺾이진 못한다. 불가능하다. 사람의 뼈는 그렇게 움직이게 만들어져 있지 않은 것이다.

이혁이 직각으로 뼈를 접을 수 있는 건 암왕사신류의 기법 중에 있는 유사비은을 수련했기 때문이었다.

유사비은의 뿌리는 유가신공과 축골공이었다.

둘 다 뼈와 근육의 움직임과 연관된 수련법들이고, 그 깊이는 현대인의 상식을 간단하게 초월하는 것들이었다.

이혁의 상체 위로 세 자루의 단검이 독사의 혓바닥처럼 칼날을 빛내며 스쳐 지나갔다.

그가 피할 것이라고 예상했던 것일까.

검은 그림자가 지당권을 펼치는 것처럼 바닥을 훑으며 바람처럼 다가왔다. 그의 손에 들린 40센티 길이의 중검이 이혁의 사타구니를 찔러갔다.

동시에 다른 한 명은 허공에서 이혁의 배를 노리며 수직으로 검을 찍어 내려왔다.

이혁의 입가에 서늘한 비웃음이 떠올랐다.

암왕사신류의 혈우팔법 중 박투무예의 정수, 야차회륜박은 수백 년이라는 기나긴 시간 동안 수많은 천재가 대를 이어가며 다듬은 무예다. 가능한 모든 상황에서의 공방기법들의 정화가 그 안에 있었다.

이혁은 발끝으로 바닥을 밀었다.

그의 두 무릎이 허공으로 튀어 오르며 아래쪽에서 단검으로 공격하던 자의 검을 쥔 손목을 좌우에서 꽉 누르며 전진을 중단시켰다.

검을 쥔 자의 안색이 누렇게 떴다.

양 손바닥으로 날아드는 검날을 잡는다는 '공수납백인'의 수법이 전설처럼 전해진다. 하지만 그는 무릎으로 날아드는 검을 쥔 손목을 잡아채는 자가 있으리라고는 상상해 본 적이 없었다.

그는 절망했다.

두 눈 멀쩡히 뜨고서도 당할 수밖에 없는 속도는 사람에게 가능한 영역 같지가 않았다. 어떻게 저런 자를 상대할 수 있단 말인가.

그의 마음을 대변하듯 이혁은 무릎을 살짝 비틀었다.

우두둑!

사내의 손목뼈가 수수깡이 꺾이듯 부러지며 손에서 단검이 떨어졌다.

비명을 지를 틈도 없었다.

이혁은 두 무릎을 쭉 폈다. 이번에는 그의 두 발목 사이에 사내의 머리가 잡혔다.

사내는 미친 듯이 뒤로 물러나려고 했지만 움직이는 속도가 너무 차이가 났다.

이혁은 공중에서 몸 전체를 회전시키며 발목을 비틀었다.

와지직!

목뼈가 부러지고 머리가 몸에서 절반쯤 뽑힌 사내는
눈을 까뒤집으며 절명했다.

이혁이 허리를 직각으로 꺾었을 때부터 단검의 사내가
죽을 때까지의 모든 동작은 수직으로 떨어지는 검이 30
센티를 이동하기도 전에 끝이 났다.

육안으로는 제대로 볼 수조차 없는 빠름이었다.

이혁은 단검 사내를 죽이며 허공에서 몸을 비틀었고,
그 탄력으로 좌측으로 20센티가량을 이동했다.

그의 가슴을 수직으로 내리찍은 검은 그의 겨드랑이
사이로 흘렀다.

이혁은 한 손으로 바닥을 짚으며 팔의 힘으로 전신을
튕겼다.

그의 몸이 물구나무를 섰다.

검을 든 자와 같은 자세, 하지만 손으로 바닥을 짚고
있는 그가 검을 든 자보다 머리가 50센티가량 더 낮았
다.

그의 오른쪽 무릎이 가공할 기세로 검을 든 자를 찍었
다.

쑤와앙!

그의 무릎은 검을 든 자의 복부를 강타했다. 높낮이

차이가 만들어낸 타격 지점이었다.

퍽!

푸확!

그의 무릎은 검을 든 자의 복부를 파고들어 척추를 부수며 등 뒤로 빠져나왔다. 상대는 허리가 반쯤 끊어진 채 무서운 기세로 뒤로 튕겨 나갔다.

쿠당탕! 털썩!

바닥에 닿을 즈음 그의 숨결은 이미 끊어져 있었다.

싸움은 끝나지 않았다.

적은 아직 둘이 더 남아 있었다.

쓰러진 적을 내려다보는 이혁의 입매가 비틀렸다. 그에게서 흘러나온 음울한 살기가 해일처럼 사방으로 퍼져 나갔다.

그의 살기에 자극을 받은 것일까.

쾅!

오른쪽의 박스 더미가 폭발하듯 터져 나갔다. 박스의 재질은 두꺼운 종이였다. 폭발과 함께 자욱한 종이 먼지가 사방을 가렸다.

시야를 가린 먼지를 뚫고 열두 자루의 단검이 이혁의

전신으로 소리 없이 날아들었다.

이혁의 몸이 뒤에서 누가 잡아끌기라도 한 것처럼 쭉 밀려났다.

뒤에 있던 박스 더미와 그가 가까워졌을 때, 그 틈에서 1미터 길이의 송곳처럼 생긴 검이 벼락같이 튀어나와 이혁의 등을 찔렀다.

송곳의 첨단이 보였을 때, 그것은 이미 이혁의 등에서 5센티도 떨어져 있지 않았다.

앞에는 단검, 뒤에는 송곳.

이혁의 두 발이 기묘한 각도로 교차하며 몸 전체가 빙판 위를 미끄러지듯 왼쪽으로 50센티가량 이동했다.

그의 앞뒤를 공격하던 열두 자루의 단검과 송곳검은 텅 빈 허공을 가르며 서로를 향해 날아들었다.

송곳검을 쥔 자의 안색이 확 변했다.

아차 하는 순간, 동료의 무기에 의해 벌집이 될 판이었다.

그는 이를 악물고 전력을 다해 왼쪽으로 굴렀다.

타타타타탁!

열두 자루의 단검이 그가 있던 자리에 연속적으로 꽂히며 콩 볶는 듯한 소리가 났다.

한 바퀴 구르며 단검의 소낙비를 피한 송곳검을 든 자는 혼신의 힘을 다해 검을 찔렀다. 같은 방향으로 움직인 터라 이혁의 넓은 등은 여전히 그의 눈앞에 있었다.

검이 이혁의 등을 그대로 꿰뚫는 듯했다. 하지만 검을 찔러 넣은 자의 얼굴은 기쁨 대신 놀람과 절망의 기색으로 가득 찼다.

검은 몸을 90도로 튼 이혁의 등을 타고 그대로 허공을 찔렀다.

몸을 굴려 검을 흘린 이혁은 멈춤 없이 계속 회전했다.

검을 든 자가 검을 회수하기도 전에 이혁은 180도 회전을 끝냈다.

그와 검을 든 자가 마주 보게 되었다.

상황이 이랬으니 검을 든 자의 얼굴이 절망으로 물들 수밖에 없었던 것이다.

회전과 함께 이혁의 팔도 수평으로 허공을 갈랐고, 날을 세운 수도는 검을 든 자의 옆머리를 인정사정없이 쳤다.

그들이 몸을 움직이는 속도는 하늘과 땅만큼 차이가 났다. 피하고 어쩌고 할 틈 같은 게 있을 리 없었다.

콰지직!

썩은 나무가 으스러질 때 나는 소리와 함께 송곳검을 든 자의 머리가 박살이 났다. 피와 허연 뇌수가 비처럼 사방으로 날아갔다.

통나무처럼 쓰러지는 적을 두고 이혁은 몸을 돌렸다. 그의 앞에 얼굴이 무참하게 일그러진 남자가 서 있었다.

삼십대 후반 정도로 보이는 남자는 보통 키의 소유자로 온몸이 근육으로 이뤄진 듯한 느낌을 줄 정도로 단단한 체구였다.

이혁과 눈이 마주친 그의 입술이 달싹였다.

"제노사이더……."

숨이 꽉 막힌 듯 탁한 중얼거림이었다.

이혁은 흰 이를 드러내며 차갑게 웃었다.

"양천의 혈수대라고 했나? 너희와의 악연은 꽤나 질기군."

둘은 영어로 대화를 하고 있었다. 둘 다 유창하지는 않았지만 알아듣는 데는 아무런 문제가 없었다.

화이걸의 눈에 의혹의 기색이 떠올랐다.

"무슨 소리냐?"

"5년 전, 한국에서 너희 조직원 몇을 저승으로 보내 준 적이 있었지. 네가 그 일을 알고 있을 것 같지는 않다만."

화이걸의 안색이 창백해졌다.

"설마… 네가 이혁이란 말이냐?"

이혁의 눈빛이 서늘하게 번뜩였다.

"예상 밖이로군. 앙천이 아직 나를 잊지 않고 있었나?"

화이걸은 이를 갈았다.

"어떻게 너를 잊는다는 말이냐! 네 손에 돌아가신 분이 앙천의 다음대 천주가 되실 분이었는데!"

"앙천의 차기 천주?"

이혁의 미간이 좁아졌다.

그는 갑하산과 강원도에서 자신의 손에 죽은 적운기와 적무린, 그리고 적무군이 앙천 내에서 어떤 위치에 있던 인물이었는지 알지 못했다.

이혁이 말을 이었다.

"그런 거물일 줄은 몰랐군."

"앙천은 원한을 잊지 않는다. 너는 결코 우리 손을 빠져나갈 수 없다."

이혁은 피식 웃었다.

"누가 할 말인지 모르겠군. 잊지 말아주었으면 하는

건 나야. 나도 너희 씨를 말리고 싶거든."

화이걸의 눈이 빛났다.

"그렇다면 나를 보내라. 네가 살아 있다는 걸 상부에 보고하겠다. 그럼 네가 원하는 대로 우리 조직은 전력을 다해 너를 찾을 거다."

이혁의 입꼬리가 비틀렸다.

"미안한데, 나는 그렇게까지 친절한 남자가 아니라서 말이지. 게다가 너희 손에 죽은 하루카도 그걸 원할 것 같지 않고."

말이 끝남과 동시에 이혁은 발을 움직였다.

화이걸은 눈을 부릅떴다.

"컥!"

억눌린 비명을 토하는 그의 코앞에 두 개의 눈동자가 한밤의 도깨비불처럼 시퍼렇게 빛나고 있었다.

이혁이었다.

어느새 화이걸의 목은 이혁의 손아귀 안에 들어 있었다. 기절할 정도로 놀란 화이걸은 몸부림치려 했다. 하지만 가능하지 않았다.

단지 목을 잡혔을 뿐인데도 그는 손가락 하나 꼼짝하지 못했다.

이혁이 단심루의 기법으로 화이걸의 몸을 마비시킨 탓이었다.

이혁은 화이걸의 눈을 똑바로 들여다보며 말했다.

"먼저 가서 자리 잡고 기다려. 조만간 네 동료들이 무더기로 도착하기 시작할 테니까."

이혁은 대답을 기다리지 않았다.

그는 손목을 뒤집었다.

우두둑.

목뼈가 부러진 화이걸이 이혁의 손안에서 축 늘어졌다.

그는 손을 놓았다.

털썩.

생명이 사라진 화이걸의 시신이 바닥에 아무렇게나 나뒹굴었다.

이혁은 시신을 쳐다보지도 않고 아메네 자매와 하루카의 시신이 있는 중앙으로 걸음을 옮겼다.

철벅철벅.

그의 발이 바닥을 디딜 때마다 낮은 개울을 건널 때와 같은 소리가 났다. 바닥에 고인 핏물이 그런 소리를 만들어냈다.

그가 여덟 개의 통로가 있는 중앙의 작은 공터에 도착한 건 금방이었다.

　남쪽 통로 입구에 도착한 이혁은 걸음을 멈췄다.

　중앙 공터의 모습은 그가 떠나기 전과 조금 달라져 있었다.

　그곳에는 하루카의 주검과 아메네 자매만 있는 것이 아니었다. 낯선 자가 둘이나 더 늘어나 있었다.

　이혁과 눈이 마주친 자가 히죽 미소 지으며 입을 열었다.

　"우리가 있는 걸 알고 있었나? 놀라지 않는 걸 보니까 그런 모양인데? 핀과 알리나를 쓰러뜨렸다기에 특별한 자일 거라고 생각은 하고 있었지만 직접 보니까 아주 신기한 걸."

　이혁을 보며 웃고 있는 자는 이십대 후반 정도에 2미터는 될 만큼 키가 컸다. 하지만 체격은 바람이 불면 날아가지 않을까 걱정될 정도로 깡말랐다.

　숱이 많은 회색의 머리카락은 어깨에 닿았고, 강퍅한 얼굴에 긴 매부리코, 습관처럼 짓고 있는 입가의 비웃음, 사람을 내려다보는 듯한 시선이 무척 오만하다는 느낌을 주는 자였다.

그 옆의 삼십대 중반쯤으로 보이는 남자는 매부리코 청년과 달리 160센티도 되지 않는 키에 체격도 왜소했다.

게다가 구부정한 어깨에 텁수룩한 머리와 커다란 검은 뿔테 안경까지 쓰고 있었다.

옆구리에 책만 끼고 있으면 어느 도서관 구석에서 고서들을 뒤적거릴 사서로 보아도 이상하지 않을 외모였다.

그들은 정신을 잃고 있는 아메네 자매의 뒤에 서 있었다.

이혁은 두 남자를 묵묵히 바라보았다.

공터에 도착하기 전에 그는 이미 이들의 존재를 느끼고 있었다. 그럼에도 그는 은밀하게 접근하지 않았다. 기척을 숨기지도 않았다.

강한 적을 대하는 암왕사신류 전승자답지 않은 태도였다. 그도 자신의 행동이 현명하지 않다는 것을 알고 있었다.

쉽게 끝낼 수 있는 싸움이 판단 착오로 인해 어려운 상황으로 변질되는 건 드물지 않은 일이었다. 하지만 살다 보면 머리가 아니라 가슴이 시키는 대로 해야 하는 때가 있었다.

이혁에게는 지금이 그랬다.

그는 하루카의 시신이 있는 곳에서 적을 암습하고 싶지 않았다. 왠지 그가 은신한 채 적을 저격하는 걸 하루카가 원하지 않을 것 같았기 때문이었다.

터무니없는 생각이었다. 하지만 그는 마음의 소리를 따르기로 했다.

매부리코의 청년이 아메네 자매를 손끝으로 가리키며 말을 이었다.

"우리는 앙천의 떨거지들처럼 인질, 그것도 여자한테 손대는 취미는 없으니까 오해는 안 했으면 좋겠군. 소리라도 지르면 네 싸움에 방해가 될 것 같아서 잠시 재웠을 뿐이라구."

그의 목소리와 몸짓에서는 여유가 느껴졌다.

말없이 매부리코 청년의 말을 듣고만 있던 이혁이 눈살을 찌푸리며 손가락을 들었다. 그리고 그것을 흔들며 말했다.

"궁금하지 않아."

그가 가운데 손가락을 세우고 앞뒤로 까닥거렸다.

"덤벼."

그의 말을 들은 매부리코와 안경, 무스펠하임 소속의

전투능력자인 라울과 호세의 눈빛이 사나워졌다.

매부리코 청년 라울이 입가에 비웃음을 띠며 말했다.

"허접들 몇 쓰러뜨렸다고 아주 기고만장했군. 죽는 것이 소원이라면 들어주지. 그렇게 어려운 일도 아니니까."

라울의 말이 끝남과 동시에 안경을 쓴 남자 호세가 이혁을 보며 낮게 알 수 없는 말을 중얼거렸다.

"@^#$#^%$&&&*&#"

이혁은 미간을 좁히며 시선을 아래로 내렸다.

시멘트로 된 바닥이 살아 있는 것처럼 꿈틀대며 허리지름이 10센티가 넘는 뱀의 형상이 되어 그의 발목을 칭칭 휘감고 있었다.

변화는 무섭게 빨랐다.

이혁이 그것을 느꼈을 때는 이미 발목을 휘감은 시멘트 뱀이 종아리를 타고 올라오는 중이었다.

그는 공력을 끌어올렸다. 그리고 다리를 움직이려고 했다. 하지만 다리를 묶고 있는 힘은 무섭도록 강해서 뜻을 이룰 수 없었다.

이혁의 다리가 묶인 것을 본 라울이 소리쳤다.

"윈드 블레이드!"

이혁은 급격하게 허리를 비틀며 고개를 숙였다.

그의 코앞에서 생성된 보이지 않는 칼날이 뒷머리를 훑고 지나갔다.

쐐애액—

잘려 나간 머리카락들이 깃털처럼 흩날렸다.

칼날은 하나가 아니었다.

앞뒤와 좌우, 머리 위까지.

심상에는 분명하게 잡히지만 맨눈으로는 볼 수 없는 다섯 자루의 칼날이 그를 난자하기 위해 번개처럼 날아들었다.

바람의 칼날은 빠르고 위력적이었다. 하지만 그가 발을 움직일 수 있었다면 피하는 데 큰 어려움을 느끼지는 않았을 것이다.

그러나 그의 두 발은 단번에 풀어내기 어려운 비상식적인 힘에 의해 묶인 상태, 제자리에서 다섯 개의 칼날을 피해야만 했다.

전신으로 날아드는 바람의 칼날을 피하기 위해 선 자리에서 머리카락이 휘날릴 정도로 몸을 움직이는 이혁의 눈빛이 얼음처럼 차가워졌다.

그는 두 남자가 사용하는 힘의 정체가 무엇인지 깨달았다.

안경이 사용하는 건 대지를 이용한 묶기, 염동력 계열 중 일명 '바인딩'이라고 불리는 정신 능력이었다. 그리고 매부리코는 바람을 이용한 공격에 특화된 능력자, 윈드어태커였다.

보통 사람들에게 초상능력은 신비롭고 두려운 영역에 속한다. 어떤 분야의 초상능력이든 보통 사람이 그것에 적절한 대응을 하는 건 불가능에 가깝다.

다행히 수십억 명에 달하는 인류 중에서 초상능력을 가진 사람은 극소수에 불과하다.

초상능력자를 만나본 사람도 거의 없다시피 하다. 그래서 실제로 존재하는 것인지 의심받기도 한다.

그것이 보통 사람들이 느끼는 초상능력인 것이다.

제5장

이혁은 초상능력을 타고나지 않았다. 하지만 그는 신비롭기로 따지자면 초상능력보다 더하면 더했지 못할 게 전혀 없는 고대무예, 암왕사신류의 당대 전승자였다.

　당연히 그는 초상능력을 신비로워하지도 두려워하지도 않았다.

　바인딩과 윈드 블레이드의 파상적인 공격을 받으면서도 그의 안색은 무표정했다. 변화가 있다면 눈빛이 점점 차가워지고 있다는 것뿐이었다.

　발목을 묶었던 시멘트 뱀은 이혁의 무릎까지 올라왔다.

무릎이 제약당하자 허벅지와 허리의 움직임이 약해졌다. 윈드 블레이드도 두 개가 더 늘어 일곱 개가 되었다.

　　이혁이 입고 있는 옷자락들이 조금씩 잘려 나갔다. 언제라도 윈드 블레이드에 꼬치처럼 꿰뚫릴 것 같았다.

　　하지만 이혁은 종이 한 장 차이로 위험을 피하고 있었다.

　　그는 윈드 블레이드를 피하기 위해 무영경 이십사절과 혈우팔법에 속하는 여러 기법을 복합해서 펼치고 있었다.

　　신체의 유연함은 유사비은으로, 구름 위를 미끄러지듯 윈드 블레이드를 흘리기 위해서는 암향무영 중의 부운결을, 피하기 힘들다고 판단되는 칼날은 혈우팔법 중의 흡룡와를 써서 방향을 비틀었다.

　　그것을 지켜보는 라울과 호세의 얼굴이 딱딱해졌다. 그들은 믿기 힘든 기색을 숨기지 못했다.

　　이혁은 반격하지 못하고 있었다. 하지만 저 상태로 쓰러지지 않고 버티고 있다는 자체가 그들에게는 경이였다.

　　게다가 눈부신 속도로 허공을 유영하는 윈드 블레이드는 아직 이혁의 몸에 작은 상처 하나 만들어내지 못했다.

　　이마에서 흐른 땀을 턱에 매달고 호세가 입을 열었다.

　　"괴물이다……."

라울은 고개를 끄덕여 동의를 표했다.

"저자에게 핀과 알리나가 당했다는 걸 이제는 믿을 수 있을 것 같다."

조직 내에서 핀과 알리나는 그들보다 하수로 평가받았다.

그들의 초상능력이 별 볼일 없는 것이어서가 아니라 이들보다 완숙한 경지까지 끌어올리지 못했기 때문이었다.

그렇다 해도 핀과 알리나는 지난 십수 년 동안 좌절을 겪은 적이 없는 전사들이었다.

그래서 둘이 누군가에게 당했다는 얘기를 들었을 때 라울과 호세는 쉽게 믿지 못했다.

적이 파놓은 함정에 빠졌기 때문에 죽었을 거라는 게 그들의 생각이었다. 하지만 이제는 믿지 않을 수 없었다, 핀과 알리나는 약해서 죽은 거라는 것을.

눈앞의 적은 인정하지 않을 수 없는 강자, 그것도 초강자였다.

짧은 대화를 나누는 동안에도 그들은 공격을 쉬지 않았다. 한순간도 방심할 수 없는 상대였다.

그들의 얼굴 어디에도 이 자리에 나타났을 때 보였던

여유와 오만함은 찾아볼 수 없었다.

초상능력은 무예와 힘의 본질이 완전히 달랐다.

수련을 통해 얻은 내력과 기법의 완성도가 강함을 결정하는 것이 무예라면, 초상능력은 온전히 능력자의 정신력이 힘의 원천이었다.

정신의 힘이 사용하는 기법의 강약을 결정하는 것이다.

그것은 능력자의 정신력이 약해지면 힘도 같이 약해진다는 것을 의미했다.

'싸움이 길어지면 위험하다.'

라울은 눈살을 잔뜩 찌푸렸다.

외견상 싸움의 양상은 그들의 분명한 우세였다. 그런데도 마음은 불안했다. 마지막에 웃는 자가 승리자라는 전투의 명언을 라울은 알고 있었다.

그는 슬쩍 고개를 돌려 호세를 보았다. 호세도 시선을 마주쳐 왔다. 그들의 눈이 허공의 한 점에서 만났다.

'이자는 위험해. 전력을 다하자.'

'오케이.'

두 사람은 보일 듯 말 듯 고개를 끄덕였다.

그들은 초상능력을 각성한 후, 10년이 넘는 시간을 한

팀으로 동고동락해 왔다. 이제는 눈만 보아도 서로의 생
각을 읽을 수 있을 정도로 호흡이 척척 맞았다.

고개를 돌려 이혁을 보는 그들의 눈동자가 붉게 변했
다. 흰자위를 종횡으로 가로지르는 실핏줄들이 금방이라
도 부풀어 올라 터질 것처럼 보였다.

움켜쥔 손등에도 푸른 힘줄이 지렁이처럼 꿈틀거렸다.
머리에서는 허연 김이 솟았다.

용광로처럼 붉게 달아오른 그들의 눈동자와 빙판처럼
얼어붙은 이혁의 눈동자가 맞부딪혔다.

이혁은 흰 이를 드러내며 소리 없이 웃었다.

눈동자는 웃지 않는데 입가에만 미소가 어렸다.

라울과 호세는 가슴이 섬뜩해졌다. 하지만 무엇 때문
에 그런 느낌을 받았는지는 알 수 없었다. 신경 쓸 틈도
없었다.

전장의 상황이 급격하게 변했기 때문이다.

이혁의 무릎까지 올라왔던 시멘트 뱀이 폭발하듯 몸집
을 키우며 단숨에 허리를 넘어 가슴 아래까지 올라갔다.
두께도 방금 전보다 두 배 이상 굵어져서 이혁은 늪에 빠
진 듯한 몰골이 되었다.

그 와중에 윈드 블레이드는 열두 개로 늘었다. 상체의

움직임까지 제약을 받는 상황에서는 이혁이라 해도 피할 수 없는 숫자였다.

차갑게 웃는 이혁의 입술이 벌어지며 낮게 가라앉은 목소리가 흘러나왔다.

"너희가 강해서 지금까지 살아 있는 게 아니라는 것을 알게 해주지!"

그 음성에 실린 막대한 살기가 라울과 호세를 전율케 했다.

"크윽!"

"컥!"

라울과 호세의 입에서 억눌린 신음이 흘러나왔다. 이를 악문 그들은 흔들리는 몸을 바로잡으려 애쓰며 눈을 부릅떴다.

그들은 조금이라도 정신이 흐트러지면 죽을 것이라는 걸 본능적으로 느끼고 있었다.

'진짜 괴물…….'

이혁을 보며 그들은 같은 생각을 하고 있었다.

그들은 초상능력을 각성한 후, 조직에서 여러 가지를 배웠다. 그중에는 외부의 충격으로부터 정신을 보호하는 기법도 포함되어 있었다.

하지만 이혁의 살기는 그들의 정신보호막을 뿌리째 흔들었다.

그들의 정신력이 조금만 약했어도 정신보호막은 단숨에 붕괴되었을 것이다.

두 사람의 눈동자가 시뻘겋게 변하며 눈꼬리에서 가는 핏물이 흘렀다. 계속 부풀어 오르던 실핏줄이 더는 내부의 압력을 견디지 못하고 터져 버린 것이다.

이혁의 열 손가락 끝에서 반투명한 붉은빛이 번뜩였다.

환상혈조는 모습을 드러내자마자 열두 자루의 윈드 블레이드와 무서운 속도로 얽혔다.

티─ 잉!

찰나간에 이루어진 충돌은 수백 회가 넘었다. 하지만 소리는 길게 한 번만 났다. 충돌의 속도가 너무 빨랐기 때문이었다.

푸확!

라울의 입에서 핏물이 터졌다.

눈과 입 주변이 피로 물든 그의 모습은 악귀를 연상시킬 정도로 살벌했다.

보는 사람을 두려움에 빠뜨릴 모습이었지만 정작 당사

자인 그의 눈에 깃든 건 공포였다.

윈드 블레이드는 그의 정신이 만들어낸 피조물이었다.

그것에 전해지는 충격은 그대로 그의 정신으로 전해졌
다. 그리고 지금 그가 받는 충격의 강도는 그가 이제껏
경험해 본 적이 없는 강대한 것이었다.

열두 자루의 윈드 블레이드가 공격을 멈추고 지구를
도는 달처럼 이혁의 중심으로 느릿하게 회전했다.

허점이 보일 정도는 아니어도 라울이 충격을 해소하기
전까지는 움직이기 쉽지 않은 상황이 된 것이다.

이혁의 입가에 차가운 비웃음이 떠올랐다.

그는 이 싸움이 있기 전까지 초상능력자 넷을 겪었다.
칼리와 핀, 알리나와 에드워드가 그들이었다.

그는 네 사람이 힘을 사용하는 것을 보며 초상능력의
힘의 원천이 무엇이고 어떤 식으로 발현되는지 대충 감
을 잡았다.

물론, 그것을 어떻게 상대할 것인지에 대한 고민도 함
께 이루어졌다.

"힘은 어차피 힘일 뿐이지."

낮게 중얼거리는 그의 음성 속에는 소름 끼치는 살기
가 폭발 직전의 활화산처럼 웅크리고 있었다.

그는 천강귀원공과 초연공, 그리고 섬뢰잠영공을 동시에 운기했다. 셋이면서 하나인 거대한 기운이 그의 전신 경락을 타고 도도하게 흘렀다.

천강귀원공은 신체의 외부를, 그리고 초연공은 정신과 신체 내부를 보호한다.

그리고 천강공은 육체에 순수한 파괴력을 더하고, 초연공은 정신력을 극대화시킨다.

그렇게 강화된 정신력과 파괴력은 섬뢰잠영공이 실린 혈우팔법의 위력을 정점까지 끌어올린다.

그가 라울과 호세를 상대하기 위해 선택한 방법은 어떻게 보면 단순무식 그 자체라 할 수 있는 것이었다.

초상능력 가운데 공격적인 유형은 정신력에 물리력을 더해 유형화시킨 것이다. 그것은 눈에 보이지는 않지만 근육에서 나오는 힘과 본질이 같다.

단지, 그것을 잴 수 있는 척도가 없고 형체도 확인할 수도 없는, 보통 사람의 상식으로는 받아들이기 힘든 종류일 뿐.

이혁도 공격적이지 않은 초상능력, 투시나 텔레포테이션과 같은 유형은 상대하기 까다로운 축에 들었다.

반대로 공격적인 유형은 상대하기 훨씬 수월했다.

현실 세계에서는, 그것이 보이는 공격이든 보이지 않는 것이든 필연적으로 물리적인 힘을 동반하는 형태를 취할 수밖에 없기 때문이었다.

핀과 알리나, 라울과 호세가 이혁을 공격하는 방식을 보면 그런 측면이 극명해진다.

힘은 더욱 강한 힘을 만나면 부서진다.

이혁이 택한 방법이 그것이었다.

라울은 깊이 숨을 들이마셨다.

그가 펼친 열두 개의 윈드 블레이드는 여전히 느릿하게 이혁의 주변을 맴돌고 있었다. 기회를 노리는 것이다.

그 기회는 호세의 바인딩이 만들어주었다.

이혁의 겨드랑이까지 올라온 시멘트 뱀이 두터운 기둥으로 변하며 상승을 시작한 것이다.

기둥에서 세 개의 굵은 뱀이 꿈틀거리며 분리되었다. 그중 두 개의 굵은 뱀은 이혁의 두 팔을 휘감았고, 나머지 하나는 이혁의 목을 졸랐다.

기다렸다는 듯이 허공을 유영하던 열두 개의 윈드 블레이드가 이혁을 향해 날아들었다.

무쇠라도 단숨에 베어내는 예리함을 품은 바람의 칼들이 이혁을 향해 일제히 내리꽂히는 광경은, 눈에 보이기만 했다면 보기 드문 장관이었을 것이다.

이혁의 두 눈이 무시무시한 빛을 발했다.

그의 양손가락들 끝에서는 반투명한 붉은 빛이 일렁거리고, 단전에서는 작은 소용돌이가 일었다.

그 작은 소용돌이가 그의 전신 경락을 지나며 토네이도처럼 커졌다. 거대한 힘의 소용돌이가 그의 모공을 통해 흘러나와 호세의 바인딩과 충돌했다.

강력한 정신의 힘과 내가기공의 충돌.

그러나 소리는 없었다.

이혁이 펼친 기법은 혈우팔법 중 흡룡와류폭이었다.

동양의 내가무예 명가라면 수련 초부터 제자들에게 가르치는 것이 있다.

그것은 상대가 사용하는 힘의 방향성에 대한 고찰이다.

상대의 힘이 어디로 향하는지를 알 수 있어야 그것을 방어하거나 흘리거나 역으로 파고들 여지가 생기기 때문이다.

이혁이 혈친 흡룡와류폭은 호세의 바인딩이 향하는 힘의 방향, 위로 향하는 상승과 뱀처럼 한쪽으로 비트는 힘을 정확하게 잡아냈고, 동일한 방향으로 거대한 회전력을 더했다.

한편으로 열 개의 환상혈조의 길이를 각기 15센티까지 늘렸다.

두 팔이 시멘트 뱀에 의해 제약당하고 있기에 환상혈조는 제대로 움직이지 못할 것처럼 보였다.

당장의 모습은 분명 그랬다. 하지만 그렇게 움직임이 제약된 시간은 눈 깜짝할 사이에 지나갔다.

진행 방향의 반대로 힘이 가해지면 저항이 생기지만 동일 방향으로 더해지면 움직임이 더 빨라지게 되는 게 자연의 이치다.

흡룡와에 휘말린 시멘트 뱀들은 급격하게 한쪽으로 쏠렸다.

호세의 안색이 시체처럼 창백해졌다.

허옇게 변한 얼굴 위로 굵은 힘줄이 시퍼렇게 돋아났다.

바인딩을 당기는 적의 힘은 막강했다. 시멘트 기둥과 뱀이 그의 통제를 벗어나려 했다.

이를 악문 그의 입술 사이로 핏물이 흘렀다.

바인딩이 깨지면 시멘트는 보통의 물건으로 변한다.

그것은 이혁이 신체의 자유를 회복한다는 것과 동의어

였고, 적의 능력을 볼 때 그 뒤에 벌어질 상황은 예측불허였다.

다른 형태의 기술을 펼치는 건 무리였다.

시간도 없었고, 무엇보다도 그의 정신력에 그만한 여유가 없었다. 그는 지금도 혼신의 힘을 다하고 있었기 때문이다.

"우와악!"

참혹하게 얼굴이 일그러진 호세의 입에서 비명과도 같은 기합성이 터져 나왔다.

시멘트 기둥과 뱀이 당기는 힘에 저항하며 미친 듯이 꿈틀거렸다.

그 찰나의 시간, 열두 자루의 윈드 블레이드는 시멘트에 휘감기지 않은 이혁의 머리와 두 팔을 향해 번개처럼 내리꽂혔다.

이혁의 입이 슬쩍 벌어지며 흰 이가 드러났다.

그는 소리 없이 웃고 있었다.

암왕사신류에는 흑암천관령이 십성에 도달하고 천강귀원공과 초연물외심공, 섬뢰잠영공이 극에 이르렀을 때에야 모습을 드러내는 힘의 경지가 있다.

암왕류 심공류가 용광로 속에 녹아들 듯 하나가 되고

그것을 사용할 수 있는 경지, 암왕경(暗王境) 혹은 사신마경(死神魔境)이라 불리는 경지가 그것이다.

가공할 힘의 폭풍이 이혁을 중심으로 일어났다.

퍼퍼퍽!

무시무시한 가속력이 붙은 시멘트 기둥과 뱀이 산산조각으로 부서졌다.

호세는 눈과 코, 귀, 입에서 폭포수처럼 피를 쏟으며 거대한 해머에 얻어맞은 것처럼 뒤로 튕겨 나갔다.

시멘트 뱀을 뿌리친 이혁의 두 손이 허공을 현란하게 휘저었다. 반투명한 홍광이 허공을 종횡으로 가르며 화려한 선을 만들어냈다.

윈드 블레이드와 환상혈조가 충돌했다.

이번에 난 소리는 앞의 것과 달랐다.

푸스스!

열두 자루의 윈드 블레이드는 환상혈조의 힘을 막지 못하고 동시에 칼날의 중동이 맥없이 잘려 나갔다.

라울의 몰골도 호세와 다를 게 없었다. 그도 눈과 귀를 비롯한 온몸의 구멍에서 핏물을 뿜어내며 나가떨어졌다.

둘은 정신을 잃진 않았지만 눈에 초점이 없었다.

그들이 사용한 건 정신력이었다. 그것이 막대한 힘에 의해 강제로 부서질 때 그들의 정신은 온전히 충격에 노출되었다.

저벅저벅.

이혁은 라울과 호세에게 다가갔다.

그는 천천히 허리를 굽혀 한손에 한 명씩, 둘의 목을 잡아 들어 올렸다.

"우읍……."

"커컥……."

무서운 힘에 목이 조인 그들의 얼굴이 터질 듯 붉게 부풀어 올랐다.

이혁이 허리를 폈다.

쭉 뻗은 손끝에 라울과 호세의 시뻘게진 얼굴이 있었다.

이혁이 무표정한 얼굴로 중얼거렸다.

"갈 때는 말없이가 좋지."

우두둑.

목뼈가 부러진 라울과 호세의 몸이 축 늘어졌다.

이혁은 둘의 시신을 멀리 내던졌다.

털썩털썩.

아무렇게나 나뒹구는 시신들을 뒤로하고 이혁은 중앙으로 걸음을 옮겼다.

정신을 잃고 쓰러져 있는 아메네와 쿠메의 옆에 하루카가 참혹한 모습으로 누워 있었다.

이혁은 묵묵히 그녀를 내려다보았다.

그의 눈가에 쓸쓸한 기색이 떠올랐다.

"지키는 게 죽이는 것보다 훨씬 어렵다는 걸 이런 식으로 알고 싶지는 않았다."

그는 손가락 끝으로 오른쪽 귀를 한 번 눌렀다.

귀에 꽂고 있던 이어폰형 무전기가 작동되었다.

"테일러."

바로 테일러의 대답이 들려왔다.

[예, 보스.]

"정리를 부탁한다."

그의 목소리가 평소와 다르다는 것을 느낀 듯 들려오는 테일러의 목소리도 딱딱해져 있었다.

[알겠습니다.]

이혁은 손가락 끝으로 무전기를 톡톡 두드려 껐다.

테일러는 자신의 지휘를 받는 팀을 이끌고 1킬로미터 밖에서 대기 중이었다.

그의 팀은 정보 분야 쪽으로는 세계 톱클래스지만 전투력은 제로에 가까워서 현장에 없는 게 나았다.

있어야 방해만 되는 것이다. 하지만 전투를 준비할 때와 끝난 후 뒤처리를 할 때 그들만큼 확실하게 일을 하는 전문가도 드물었다.

이혁은 문을 향해 걸었다.

하루카의 시신과 아메네 자매는 테일러가 수습할 것이었다.

이혁이 문을 열고 나와 한 걸음 앞으로 내딛었을 때였다.

그의 안색이 차갑게 굳었다. 이혁은 바닥을 박차며 옆으로 움직였다. 하지만 막대한 충격이 먼저 왔다.

퍽!

옆으로 한 걸음 움직이지도 못하고 그의 몸은 뒤로 튕겨 나가 창고의 벽과 격렬하게 부딪쳤다.

쾅!

선홍색 핏물이 허공을 붉게 수놓았다. 그리고 이혁의 모습이 환상처럼 그 자리에서 사라졌다.

창고에서 2킬로미터 떨어진 10층 건물의 옥상.

엎드려서 총에 달린 망원경 스코프에 눈을 대고 있던 여인이 혀를 차며 상체를 일으켰다. 허리까지 내려오는 붉은 머리가 바람에 일렁였다.

그녀가 바닥에 놓아두었던 선글라스를 들었다.

탱크톱에 짧은 청 팬츠 차림의 그녀는 이십대 후반 정도의 나이로 키가 크고 몸매가 좋았지만 생김새는 평범했다.

커다란 검은 선글라스에 가려진 눈빛이 강하다는 것이 조금 인상적일 뿐이었다.

"후우……."

여인은 길게 숨을 내쉬었다.

이마에 맺힌 땀방울들이 뺨을 타고 흘러내렸다.

단 한 발의 저격이었지만 이를 위해 그녀가 사용한 정신력은 막대했다. 또 다른 저격을 할 수 있을 만큼의 정신력을 회복하려면 사흘은 쉬어야 했다.

"쳇, 보낼 수 있었는데… 반응이 엄청나게 빠른 놈이네."

아쉬움이 가득 담긴 목소리로 투덜거린 그녀는 미련 없이 총을 분해하기 시작했다.

전장 1.5미터가 넘을 것처럼 보이는 총은 저격수를 잡는 저격총으로 유명한 CheyTac(샤이탁, 체이탁)M200을 닮았다.

분해한 총을 운반 상자에 담은 여인은 지체 없이 일어나 비상구로 뛰어갔다.

전력 질주였다.

여인이 사라지고 1분가량이 지났을 때 옥상에 한 가닥 아지랑이가 어른거리는가 싶더니 이혁이 모습을 드러냈다.

그는 눈썹을 찡그리고 한 손으로 왼쪽 어깨를 꾹 누른 채 옥상을 둘러보았다.

"총 솜씨만 좋은 게 아니라 도망치는 능력도 제법이군."

낮게 중얼거린 그는 어깨를 누르고 있던 손을 떼고 상처를 살폈다.

그의 상체는 피범벅이었다.

왼쪽 어깨 부위의 옷은 걸레처럼 찢어져 있었고, 빗장뼈 윗부분은 넝마처럼 너덜너덜해서 속의 근육들이 보일 정도로 심하게 파헤쳐져 있었다.

평범한 사람이라면 벌써 기절하거나 병원으로 실려가

서 수술대에 누워 있는 게 정상일 정도의 중상이었다. 하지만 이혁은 눈살만 조금 찡그릴 뿐이었다.

상처에서 피는 흐르지 않았다.

이곳으로 오면서 그가 혈을 눌러 간단하게 지혈한 덕분이었다.

"쩝, 이런 능력은 뭐라고 불러야 하는 거지? 정신력을 탄환으로 변환해 사용할 수도 있다는 생각은 못 해봤는걸. 별놈을 다 겪게 되는구만."

"빛의 고리 조직원들은 그녀를 싸이킥 스나이퍼 (Psychic Sniper)라고 부르며 두려워하더군요."

맑은 중저음이 이혁의 혼잣말을 받았다.

어느샌가 옥상엔 훤칠한 키의 잘생긴 흑인 청년 한 명이 있었다.

이혁은 그를 힐끗 돌아보았다.

이미 청년의 존재를 알아차리고 있었던 듯 그의 얼굴에 놀라는 기색은 없었다.

"에이단, 미국에 있는 거 아니었나? 네가 여긴 웬일이지?"

"마스터께서 미스터 리가 잘 있나 궁금해 하서서요. 오랜만에 프랑스 바람도 좀 쐴 겸해서 날아왔습니다."

에이단은 예의 바른 청년으로 성장했다. 그는 이혁뿐만 아니라 다른 연장자에게도 깍듯하게 예의를 지켰다.

"그래?"

심드렁하게 말을 받던 이혁이 먼 곳, 2킬로미터나 떨어져 있어 보통 사람은 보기 어려운 창고 건물을 보며 물었다.

"아까 했던 말, 설명해 봐라. 싸이킥 스나이퍼라는 거."

"단어 뜻 그대로입니다. 염동력을 이용해 공기를 압축시켜 탄환으로 사용하는 초상능력자를 싸이킥 스나이퍼라고 부릅니다. 당신을 저격한 나탈리아 사키나는 그 분야에서는 누구도 따라올 수 없는 독보적인 능력자죠."

"그녀가 누군지 잘 아는군."

"잘… 까지는 아니고요. 꽤나 유명한 여자라서 이 계통에 몸담고 있으면 모르기가 오히려 어려운 능력자입니다. 그녀는 체이탁이라는 저격용 총을 자신에게 맞게 개량해서 사용합니다. 그 총은 원래도 유효사거리가 상당히 긴데 그녀는 그것을 개량해서 최대 3킬로미터 밖에서도 목표물을 정확하게 타격할 수 있다고 합니다. 그렇게 멀리 떨어진 곳에서 몸을 숨긴 채 저격하는 그녀를 알아차리는 건 어떤 능력자에게도 쉬운 일이 아니죠."

에이단은 이혁의 넝마처럼 너덜너덜한 어깨를 보며 말을 이었다.

"그녀가 사용하는 싸이킥 탄환도 실제 저격총인 체이탁의 총탄과 비슷합니다. 체이탁 탄은 목표에 적중하면 자탄으로 분열합니다. 산탄처럼요. 하지만 나탈리아가 사용하는 싸이킥 탄은 그보다 효과가 월등히 뛰어납니다. 그건 목표물에 도달하면 분열하는 게 아니라 크레모아처럼 터집니다. 비껴 맞아도 벌집이 될 수밖에 없죠."

이혁은 어깨를 쓸며 말을 받았다.

"성공률이 높겠군."

암왕경에 도달한 후로는 24시간 경락을 흐르며 몸을 보호하는 천강귀원공과 초연물외공이 아니었다면 그의 상체도 벌집이 되었을 가능성이 컸다.

에이단이 어깨를 으쓱하며 말했다.

"지금까지 실패한 적이 있다는 말을 들어보지 못했습니다. 오늘 미스터 리에 대한 저격이 행해지기 전까지의 말이기는 합니다만."

이혁이 상처를 돌아보며 되물었다.

"그런데 나는 왜 그녀를 모를까?"

에이단은 어이없다는 표정으로 대답했다.

"미스터 리는 최근까지 초상능력자들에 대해서 별 관심이 없었잖아요!"

"그랬나?"

이혁은 입맛을 다셨다.

에이단의 말이 맞았다.

나이지리아에서 켈리를 만나고 핀과 알리나를 상대하기 전까지는 초상능력자들에게 크게 관심을 갖지 않았던 게 사실이었다.

그가 물었다.

"그 여자, 소속이 무스펠하임이겠지?"

"예. 그녀는 파이어 골렘이라 불리는 팔츠 레마임 백작 휘하에 있는 초상능력자입니다."

"팔츠 레마임?"

"팔츠 백작은 무스펠하임의 최고 수뇌부들인 일왕녀 일대공 이공작 사백작 중 한 명입니다. 그는 전투를 책임지고 있는 사백작 중에서도 가장 호전적이라고 알려져 있는 인물이죠. 핀과 알리나 그리고 저 창고에서 당신에게 죽은 라울과 호세도 그의 휘하에 있는 능력자들이고요."

에이단은 창고의 싸움에 대해서 알고 있었다. 그가 이혁을 지켜본 시간이 꽤 된다는 방증이었다.

이혁은 미간을 찡그렸지만 그 부분에 대해서는 가타부타 말을 하지 않았다. 대신 하던 얘기를 더 깊게 진행시켰다.

"무스펠하임에 대해서도 잘 아는군."

"이 계통에 있으면 저절로 알게 되는 일이죠."

"아까하고 대답이 비슷하다?"

"미스터 리가 관심이 없어서 모르셨을 뿐입니다. 레나도 알고 있는 일인걸요."

이혁은 다시 입맛을 다셨다.

레나는 그의 질문에는 무엇이든 대답해 주는 여자였다.

속이는 것도 없었다.

예의상 독수리의 발톱에 대해서 물어본 적은 없지만 거기에 대해서 물어도 대답해 주지 않을까 싶을 정도로 그에게는 솔직하고 헌신적(?)이었다.

에이단이 말을 이었다.

"무스펠하임의 사백작은 휘하에 각기 열 명의 초상능력자들을 데리고 있습니다. 팔츠 백작은 그들 중 넷을 당신에게 잃은 겁니다. 당신이나 팔츠 백작, 둘 중 한 쪽이 죽기 전에 이 싸움이 끝나지 않을 거라는 데 제 전 재산을 걸겠습니다."

"이 판국에 도박을 하고 싶은 거냐?"

이혁이 어처구니없다는 듯 풀썩 웃자 에이단도 따라서 싱긋 웃었다.

"그런데 상처는 어떻습니까?"

"괜찮아. 며칠 지나면 나을 거다."

이혁의 대답에 에이단은 더 이상 그의 상처에 관심을 가지지 않았다.

그는 이 세상에서 이혁의 자가 치유 능력이 얼마나 뛰어난지 잘 아는 몇 안 되는 사람 중 한 명이었다.

잠시 입을 다물고 창고 쪽을 보고 있던 이혁이 입을 열었다.

"무스펠하임과 팔츠 백작에 대해 더 알고 싶군. 말해 줄 수 있나?"

"제가 아는 거라면 전부 말씀드릴 수 있습니다."

"팔츠 백작이 어디에 있는지도?"

에이단은 뒷머리를 긁으며 대답했다.

"안다면 당연히 말씀드릴 겁니다만……."

"모르냐?"

"예."

"마스터도?"

"그건 제가 대답할 수 있는 성질의 질문이 아닌 것 같습니다."

"마스터를 만나야겠군. 하긴 만날 때도 되었지."

"좋은 생각입니다. 마스터도 미스터 리를 만나고 싶어하는 눈치셨습니다. 어차피 약속된 5년의 기한도 거의 다 되어가고 있으니까요."

"시간이 정해지면 연락해라."

"예."

에이단은 이혁을 향해 고개를 살짝 숙여 인사했다.

"먼저 가보겠습니다."

이혁은 고개를 끄덕였다.

에이단이 떠난 후 이혁은 먼 하늘을 올려다보았다.

"영국 신사와의 약속 시간을 지키지 못하게 되었군."

낮게 중얼거린 그는 등을 돌렸다.

제6장

집무실의 넓은 벽 한쪽을 꽉 채운 화면에 모자를 깊숙
이 눌러쓰고 어두운 창고로 들어서는 여러 명의 사내가
나타났다.

　그들은 망설이지 않고 창고 내부로 흩어졌고, 잠시 후,
화면은 짧은 노이즈와 함께 완전한 어둠으로 뒤덮였다.

　곳곳에 설치된 CCTV들이 제거된 것이다.

　쩌쩡!

　투투툭.

　팔츠 백작의 손에 쥐고 있던 글라스가 산산조각이 나
며 탁자 위로 떨어졌다. 잔에 남아 있던 붉은 포도주가

피처럼 고였다.

화면을 노려보는 팔츠 백작의 얼굴은 무서울 정도로 굳어 있었다.

백작의 오른편에 서서 함께 화면을 보고 있던 토니는 숨이 막혀 오는 것을 느꼈다.

심리적인 이유 때문이 아니라 실제로 강력한 힘이 가슴을 압박하고 있었다. 그 힘은 팔츠 백작의 전신에서 흘러나오는 기세가 유형화된 것이었다.

그는 이를 악물며 신음을 참으려고 했지만 소리를 완전히 막지는 못했다.

"끄으……."

무서운 눈으로 천장을 올려다보던 팔츠 백작이 고개를 돌려 토니를 보았다.

그는 길게 숨을 들이마셨다.

터질 것 같았던 분노가 조금씩 가라앉았다. 집무실 안을 가득 채웠던 기세도 함께 천천히 수그러들었다.

그는 의자에 깊숙이 몸을 묻었다.

토니는 입을 열지 못했다.

예상과 너무 다른 전개여서 할 말을 찾지 못한 것이다.

팔츠 백작이 입술을 달싹였다.

"앙천의 혈수대와 무스펠 셋의 합동 공격이라면 다소의 희생이 있더라도 제노사이더를 제거하는 데는 별 어려움이 없을 거라는 게 자네의 판단이었지?"

"예, 백작님."

토니는 고개를 들지 못했다.

백작은 잠시 말이 없었다.

그는 토니를 문책할 생각이 없었다. 이번 일을 최종적으로 재가한 사람은 다른 사람이 아닌 바로 그였다.

토니를 탓해보아야 그건 책임 전가에 지나지 않는다. 그리고 그는 책임을 회피하는 스타일이 아니었다.

그는 부릅떴던 눈을 지그시 감았다 뜨며 중얼거렸다.

"그분께서도 알게 되었겠군."

토니가 조심스럽게 백작의 기색을 살피며 말을 받았다.

"그럴 가능성이 큽니다. 나이지리아에서의 실패 이후, 윗분들이 백작님을 주의 깊게 지켜보고 있는 듯한 징후가 여러 번 있었으니까요."

그때 노크 소리가 났다.

똑똑.

그의 집무실 문을 두드리려면 세 단계를 거쳐야 하고, 첫 번째 단계부터 그에게 보고가 된다.

무단 침입자는 경고 없이 사살된다. 그런데 지금 문밖에는 보고받지 못한 자가 노크를 하고 있었다.

이런 경우, 예상할 수 있는 건 한 가지뿐이었다.

얼굴이 무겁게 굳은 토니가 문을 열었다.

문밖에 서 있던 깔끔한 회색 슈트 차림의 사십대 초반 사내가 문 안으로 한 걸음 내딛으며 팔츠 백작을 향해 허리를 숙였다.

"오랜만에 뵙습니다, 백작님."

사내를 본 팔츠 백작의 이마 주름이 굵어졌다.

"안디? 자네가 직접 올 거라는 생각은 못했네."

안디는 안드레아스의 애칭이다. 당연히 어지간히 친근한 사이가 아니면 이런 식으로 부르지 못한다.

안드레아스는 백작의 앞까지 걸어와 말을 받았다.

"사안이 가볍지 않다고 생각하셨는지 공작님께서 제가 백작님을 직접 찾아뵙는 게 좋을 것 같다고 하셨습니다."

"다른 때 같았으면 자네가 좋아하는 글렌피딕 30년산이라도 한잔 권하겠네만 그럴 상황이 못 되는군."

글랜피딕 30년산은 스코틀랜드 하일랜드의 그랜트 가문이 생산하는 세계적인 명성의 위스키다.

"말씀만이라도 감사합니다."

오가는 대화는 부드러웠지만 두 사람의 얼굴은 딱딱했다.

안드레아스가 말을 이었다.

"공작님께서 백작님을 모셔오라고 하셨습니다."

팔츠 백작은 쓴웃음을 지었다.

평소라면 전화 한 통이면 충분할 일이었다.

그럼에도 공작의 오른팔이자 공작가의 총집사나 다름없는 안드레아스를 보낸 것은 현재 그가 얼마나 분노하고 있는지를 짐작할 수 있게 하는 조치였다.

팔츠 백작은 자리에서 일어나며 말했다.

"공작님을 뵈어야겠다고 생각하던 참이었네. 나 혼자 계속 진행하기엔 일이 많이 커진 것 같아서 말일세."

"공작님께서도 그 얘기를 듣고 싶어 하십니다."

"시간 끌 일이 아니니 바로 가세."

"예."

백작의 시선이 토니를 향했다.

"토니, 그자에 대한 모든 자료를 챙기게."

"알겠습니다, 백작님."

토니는 고개를 숙여 인사를 하고 앞서 가는 백작의 뒤를 따라 걸음을 옮겼다.

팔츠 백작이 크로아티아의 두브로브니크에 도착한 것은 해가 서편으로 기울었을 즈음이었다.

피렌체에서 전용 비행기로 두브로브니크 공항까지 날아온 터라 시간이 많이 걸리지 않았다.

일본 애니메이션 '마녀배달부 키키'의 무대이기도 하고, 긴 세월 동안 유럽인들에게 '아드리아 해의 보석'이라고 불려온, 인구 45,000명의 작은 도시를 둘러싼 성채는 검푸른 하늘과 바다가 어울려 믿을 수 없을 정도로 아름다운 풍광을 연출하고 있었다.

팔츠 백작 일행을 태운 흰색 롤스로이스 리무진은 고대와 중세의 건물들이 어우러진 길을 따라 성벽에 면한 구시가지로 접어들었다.

계속 달릴 듯하던 롤스로이스가 도로가에서 멈춰 섰다. 멀지 않은 곳에 성벽으로 통하는 입구가 보였다.

팔츠 백작이 맞은편에 앉은 안드레아스를 보며 눈짓으로 무슨 일이냐고 물었다.

"공작님께서는 성벽 위에 계십니다. 그곳으로 오라고 하셨답니다."

안드레아스의 대답을 들은 팔츠 백작은 고개를 끄덕였다.

"취미는 여전하시군."

"달마티아 해안에 대한 그분의 애정은 끝이 없으니까요."

달마티아 해안은 크로아티아 중남부 해안선을 지칭하는 말로, 지중해성기후와 빼어난 풍광으로 유럽에서 손꼽히는 휴양지이자 드라이브 코스다.

차에서 내린 백작은 거침없이 성벽의 입구로 갔다. 본래 입장료를 내야 하지만 그에게 입장료를 요구하는 사람은 없었다. 사전에 조치가 된 것이다.

성벽을 오르자 밖으로는 검푸른 아드리아 해가 보였고, 안으로는 고대와 중세의 분위기를 그대로 품고 붉은 지붕들이 파도처럼 넘실거리는 시가지가 눈에 들어왔다.

두브로브니크의 시가지는 유네스코가 세계 문화유산으로 등재했을 만큼 아름답고 고풍스러운 곳이다.

하지만 백작은 그것에 시선도 주지 않았다. 그에게 그럴 마음의 여유가 있을 리 없었다.

성벽 위에는 적지 않은 관광객들이 있었다.

팔츠 백작은 그들을 지나치며 계속 걸어갔다.

성벽의 총 길이는 2킬로미터가량. 그는 500미터 정도 걸어갔을 즈음, 뒷짐을 지고 한가롭게 걷고 있는 공작의 뒷모습을 볼 수 있었다.

품이 넓은 흰색의 헐렁한 티와 넉넉한 푸른색 반바지 차림의 그는 언뜻 보면 다른 관광객들과 별반 차이가 없었다.

백작은 빠른 걸음으로 공작에게 다가갔다.

그가 공작의 세 걸음 뒤에 도착했을 때 담담한 목소리가 들려왔다.

"왔나."

"예."

공작은 걸음을 멈추고 몸을 돌렸다.

무스펠하임의 이공작 중 한 명인 에릭 브린센 공작은 외견상 사십대 초반으로 보였고, 훤칠한 키에 연갈색 머리의 미남이었다.

백작은 정중하게 고개를 숙여 인사를 했다.

에릭 공작이 아드리아 해를 닮은 푸른 눈으로 백작을 보며 가볍게 손사래를 쳤다.

"이런 장소에서 그런 예의는 어울리지 않아. 공연히 사람들 시선만 끌 뿐이지."

에릭공작은 팔츠 백작에게 나란히 걷자는 손짓을 했다. 그렇게 5분가량을 말없이 걷던 에릭 공작이 입을 열었다.

"자네답지 않게 실패의 연속이더군."

말투는 담담했지만 내용은 질책과 실망이다.

팔츠 백작의 얼굴이 붉게 달아올랐다. 지난 십여 년간 그는 공작에게 이런 말을 들어본 기억이 없었다.

그는 이를 악물며 숨을 깊게 들이마셨다.

평소의 안색으로 돌아온 그가 말했다.

"죄송합니다."

"내게 사과하는 것으로 끝날 수 있는 일이던가? 그것으로 나이지리아에서의 실패와 무스펠들의 죽음이 무마될 수 있는가?"

여전히 질책하는 느낌의 어투는 아니었다.

팔츠 백작은 입술을 질끈 깨물기만 할 뿐 말을 하지 못했다.

입이 백 개라도 할 말이 없었다.

에릭 공작이 말을 이었다.

"하지만 자네 덕분에 나는 뜻밖의 수확을 얻을 수 있었다네. 그 수확은 자네의 실패를 보상하고도 남는 것일세."

팔츠 백작의 눈이 커졌다.

에릭 공작은 고개를 돌려 팔츠 백작을 돌아보았다. 그와 눈을 마주친 팔츠 백작은 등골이 서늘해졌다.

에릭 공작의 눈엔 감정이 담겨 있지 않았기 때문이다.

수확을 얻었다는 공작의 말은 사실일 것이다. 그렇다고 팔츠 백작의 실패를 용서한 것은 아니라는 걸 그의 눈빛은 말해주고 있었다.

"내가 자네를 보자고 한 건 제노사이더라는 자에 대한 자네의 생각을 듣고자 함일세."

"토니가 제노사이더에 관한 모든 자료를 안디에게 넘겼습니다."

"이미 드러난 것은 필요 없네. 그자의 드러나지 않은 부분에 대한 자네의 생각은 어떤가?"

잠시 공작과 보조를 맞추어 걸으며 침묵에 잠겼던 백작이 입을 열었다.

"저는 처음에 그자의 배후에 '빛의 고리'가 있지 않을까 하는 의심을 했습니다. 뛰어난 솜씨를 갖고 있긴 하지

만 일개 청부업자에 불과한 그가 아디마를 제거할 이유
를 찾을 수 없었기 때문입니다."

에릭 공작은 보일 듯 말 듯 고개를 끄덕였다.

팔츠 백작의 의심은 합리적인 것이었다. 그 시점엔 그
였다고 해도 백작과 같은 생각을 했을 터였다.

백작이 말을 이었다.

"하지만 지금은 결론을 내리지 못하고 있습니다. 빛의
고리는 분명 저력 있는 조직이기는 하지만 제노사이더를
휘하에 두고 부릴 만한 역량을 갖고 있지는 못하기 때문
입니다. 그들에게 그 정도의 역량이 있었다면 지난날 우
리에게 그처럼 패퇴하지는 않았을 겁니다. 저는 '빛의
고리' 뿐만 아니라 현존하는 이 세계의 조직 중에 과연
제노사이더를 부릴 수 있는 조직이 있을지 의심스럽습니
다."

지난 며칠 동안 겪은 실패를 떠올린 그는 치미는 분노
를 가라앉히기 위해 이를 악물었다가 말을 이었다

"인정하기는 어렵지만 가장 가능성 있는 건 그자가 독
자적으로 움직이고 있다는 것입니다. 아디마는 그자가
움직이는 과정에서 우연히 제거된 것이고 말입니다."

공작은 검푸른 아드리아 해에 시선을 주며 툭 던지듯

말했다.

"키안과 닮은 자가 파리에서 목격되었네."

백작의 안색이 변했다.

"키안? '빛의 고리'의 로드 키안을 말씀하시는 겁니까?"

공작은 고개를 끄덕이며 말을 받았다.

"그렇다네. 제노사이더는 자네의 생각보다 훨씬 더 많이 이 세계의 힘과 연결이 되어 있네. 자네의 최초 판단이 본질과 다르긴 해도 많이 어긋난 것은 아니었던 걸세. 그리고 그자로 인해 얼굴을 보기 힘든 자들이 파리로 모여들고 있지. 그중에는 우리가 죽었다고 생각했던 할멈도 포함되어 있네."

팔츠 백작은 눈을 부릅떴다.

그는 공작이 지칭하는 할멈이 누군지 바로 알아들었다. 공작이 저렇게 묘사하는 여인은 이 세상에 단 한 명뿐이었기 때문이다.

제노사이더에 대한 이야기는 그가 상상도 하지 못했던 부분까지 나아가 있었다.

그가 말했다.

"그녀가 살아 있었단 말씀입니까?"

"제노사이더 주변에서 그녀의 흔적을 찾았네. 아마도 현인회의 노망난 늙은이들도 모두 살아 있을지 모르지."

충격받은 팔츠 백작은 입을 열지 못했다.

"할 이야기가 많네. 오늘 밤은 좀 길게 느껴질지도 모르겠네."

공작은 입을 다물었다. 그리고 팔츠 백작이 처음 보았을 때처럼 한가로운 자세로 성벽을 걸었다.

　　　　　*　　　　　*　　　　　*

영국 남부 해안 도시 브라이튼.

어둠에 잠긴 브라이튼 역으로 기차 한 대가 미끄러지듯 들어섰다.

정차한 기차의 중간 칸에서 작은 백팩을 둘러맨 훤칠한 키의 미녀가 다른 승객들에 섞여 하차했다.

스물 전후로 보이는 미녀는 청순함과 성숙한 매력이 묘하게 조화를 이루고 있어 한 번 시선을 준 남자들은 눈을 떼지 못했다.

그녀는 나이지리아를 떠난 리마였다.

여름 성수기라서 대부분의 승객은 관광객이었다.

손꼽히는 휴양도시인 브라이튼의 해안에는 일곱 개의 연이은 백색 절벽이 있다. 그것들은 세븐 시스터즈라고도 불리는 세계적인 관광 명소다.

런던의 빅토리아역에서 브라이튼 역까지는 한 시간 2십여 분가량이 걸렸다.

나이지리아에서 런던으로 그리고 거기서 다시 브라이튼으로 쉬지 않고 온 탓에 리마는 피곤을 느꼈다.

강철 체력이라고 테일러와 제라드가 혀를 내두른 그녀도 이 정도의 강행군에는 지친 것이다. 하지만 쉴 틈은 없었다.

그녀는 이곳으로 오는 동안 테일러에게 파리의 소식을 전해 들었다.

납치와 전투.

이혁이 자신을 필요로 할 때 그곳에 있지 못했다는 아쉬움이 그녀의 마음을 바쁘게 만들고 있었다.

9시가 넘은 시간이라 역 부근은 그리 번잡하지 않았다.

리마가 몇 걸음 내딛기도 전에 한 사내가 그녀에게 다가와 말을 걸었다.

"리마?"

리마가 고개를 돌려 그를 보았다. 키가 크고 잘생긴 녹색 눈동자의 남자는 싱긋 웃으며 손을 내밀었다.

"바커요. 테일러의 연락을 받고 기다리고 있었소."

리마도 손을 내밀어 바커의 손을 마주 잡았다.

리마의 손을 놓은 바커가 어깨를 으쓱하는 과장된 제스처를 보이며 말했다.

"당신 같은 미녀가 올 거라고는 생각지도 못했소. 혀를 한 번이라도 잘못 놀리면 지옥문을 보게 될 거라고 겁을 잔뜩 주기에 난 헐크가 오는 건 아닐까 생각하고 있었소."

리마는 쓰게 웃었다.

바커는 테일러의 말이 진실이라 믿지 않았다. 하긴 리마의 외모를 보고 지옥을 연상하는 건 불가능에 가까운 일이었다.

이미지의 차이가 하늘과 땅처럼 나는 것이다.

흰색 스니커즈 신발에 아래위로 헐렁한 푸른색 티와 반바지를 입고, 백팩을 등에 맨 리마는 여느 관광객과 별로 다르지 않은 차림이었다.

아무렇게나 늘어뜨린 헝클어진 머리 사이로 언뜻언뜻 드러나는 아름다운 얼굴만이 보기 드문 것일 뿐.

그녀의 모습 어디에서 지옥을 연상할 수 있을까.

"식전이라면 내가 저녁을 대접하고 싶은데 어떻소?"

바커는 190센티의 장신에 미남에다가 다부진 체격의 소유자였다. 웃음도 매력적이었고, 목소리도 듣기 좋았다.

자신이 매력적이라는 것을 정확히 알고 그것을 여자에게 어필하는 데도 익숙한 남자였다.

하지만 리마는 단번에 고개를 저었다.

"생각 없어요."

바커는 아쉬운 듯 입맛을 다시며 말했다.

"성질이 급한 분이군요."

리마가 물었다.

"그녀는 찾았나요?"

바커가 허리춤에서 작은 서류 봉투를 꺼내어 리마에게 건넸다.

"당신이 알고 싶은 건 거의 들어 있을 거요."

"고마워요."

"숙소로 안내해 주겠소."

바커의 말에 리마는 고개를 저었다.

"주소만 주세요. 혼자 갈 수 있어요."

바커는 펜을 꺼내서 서류 봉투의 겉면에 주소를 적었다.

브라이튼은 유명한 휴양도시지만 인구 15만 정도의, 규모는 그리 크다고는 말하기 어려운 도시였다.

바커가 잡아놓은 숙소는 지금 있는 곳에서 걸어가도 15분이면 도착할 만큼 가까운 곳에 있었다, 택시를 타면 2~3분이면 되었고.

바커의 안내를 받는다면 훨씬 빠르게 갈 수 있을 터였다. 하지만 리마는 이 끈적거리는 남자와 빨리 헤어지고 싶었다.

파리의 소식을 들은 후 신경이 곤두서 있는 그녀는 1분만 더 같이 있다가는 틈만 나면 자신을 아래위로 훑어보는 이 남자의 어딘가를 분명히 부러뜨리고 말 거라는 걸 확실하게 자각하고 있었다.

바커는 명함을 리마의 손에 쥐여주며 말했다.

"필요한 게 있으면 언제든 연락 주시오. 총알보다 빨리 달려갈 테니까."

그는 끈질긴 데가 있는 남자였다.

"그러죠."

리마는 그의 명함을 바지 주머니에 넣었다.

바커가 잡아놓은 숙소는 주택가 골목 안쪽에 있는 5층 짜리 건물의 4층 끝에 있는 방이었다.

건물은 지은 지 오래된 듯 많이 낡았지만 내부는 깨끗한 편이었다. 물론, 지저분했어도 리마는 신경을 쓰지 않았을 테지만.

숙소에 들어서자마자 소파에 몸을 던지듯 털썩 앉은 리마는 앞의 탁자에 두 발을 얹고 상체를 젖힌 후 바커가 준 서류 봉투를 열었다.

봉투 속에는 몇 장의 사진과 A4지 종이 한 장이 들어 있었다.

먼저 사진을 훑어 본 리마의 눈빛이 날카로워졌다.

십여 장의 사진은 하나의 건물과 두 명의 사람을 다양한 각도에서 촬영한 것이었다.

건물은 붉은 벽돌로 지어진 것이었는데 외곽의 인테리어로 볼 때 병원으로 추정되었고, 두 사람이 촬영된 장소는 한적해 보이는 공원이었다.

병원은 고풍스런 주택들이 많은 거리의 대로변에 있었고, 공원은 멀리 인도풍 둥근 첨탑과 지붕의 궁전이 보이는 곳이었다.

리마는 오는 동안 인터넷으로 브라이튼을 검색했다. 덕분에 주택가는 몰라도 궁전의 이름을 바로 떠올릴 수 있었다.

"로얄 파빌리온이군."

병원에는 그녀가 보고자 하는 인물은 찍혀 있지 않았다. 대신 입구와 출구를 비롯해서 주변 골목까지 세밀하게 들어 있었다.

조사 대상자가 거주하는 곳의 구조를 확인하기 위해 찍은 사진들이었다.

병원 사진을 내려놓은 그녀는 공원을 배경으로 하는 사진을 집어 들었다.

사진 속의 공원 벤치에는 오십대 중반쯤으로 보이는 온화한 얼굴의 중년 신사와 흑인 미녀가 어깨를 나란히 하고 앉아 있었다.

그들 중 흑인 미녀의 얼굴은 리마에게 익숙했다. 그녀는 나이지리아에서 만났던 캘리였기 때문이다.

리마의 눈이 캘리 옆의 중년 신사를 향했다.

"이자일까……."

그녀는 다리를 거두어 자세를 바로 하고 사진을 탁자 위에 주욱 늘어놓았다. 그리고 팔짱을 끼고 사진을 내려다보며 생각에 잠겼다.

나이지리아에서의 일이 마무리될 즈음, 리마는 테일러의 연락을 받았다. 캘리에 관한 모든 것을 조사해 달라는 부탁이었다.

리마는 이혁과 함께 파리로 돌아가고 싶었지만 그 부탁을 거절하지 못했다.

이혁은 캘리의 능력과 그녀에게 들은 얘기를 팀원들에게 가감 없이 말해주었다.

무영경의 기법으로 몸을 숨긴 이혁을 볼 수 있는 캘리의 능력은 충분히 위험한 것이었다.

때문에 그녀는 물론이고 인위적으로 그녀의 잠재력을 각성시켰다는 자에 대해 조사할 필요가 있다는 게 테일러의 의견이었다.

리마도 테일러와 같은 생각이었다.

이혁과 팀이 몸담고 있는 세계는 언제 어떤 일이 벌어질지 정확히 예측할 수 없는 곳이었다.

이런 세계에서 위협이 될지도 모르는 자에 대한 정보는 많을수록 좋았다. 그리고 그 정보 수집은 팀원들의 몫이었다.

이혁은 믿을 수 없을 정도로 강력한 전투의 스페셜리

스트였지만 이런 쪽은 그를 지켜보는 팀원들이 한숨을 절로 쉬게 될 정도로 둔감했다.

리마는 테일러의 친구들에게 도움을 받으며 캘리를 추적했고, 그녀에 대해 많은 것을 알아낼 수 있었다.

그녀가 영국의 브라이튼에서 어린 시절을 보냈다는 것과 나이지리아 대통령 안보 담당 특별보좌관 데이비드 모제스의 살해 위협을 벗어난 후 그곳으로 떠났다는 것도.

리마는 중년 신사만 찍혀 있는 사진을 집어 들었다.

"이자가 캘리의 능력을 각성시켰다는 그자일까……."

사진을 내려놓은 그녀는 봉투에 들어 있던 종이 보고서를 잡았다.

보고서에는 사진 속의 남자에 대한 정보가 들어 있었다.

정보는 상세했다.

중년 신사의 이름은 테드 와이즈먼, 나이는 57세였다.

보고서 내용대로라면 그는 브라이튼 태생의 토박이로 캠브리지 의대를 졸업한 후 몇몇 대형 병원에서 경력을 쌓았다.

그리고 삼십대 후반쯤 이곳으로 돌아와 병원을 개업

했다.

그의 전공은 정신과로 그 분야에 있어서는 영국 내에서 상당한 명성을 얻고 있는 인물이었다.

캘리는 현재 테드의 집에 머물며 병원 일을 돕는 듯했다. 사진은 병원의 일과가 끝난 후 공원으로 산책을 나왔을 때 찍힌 것이었다.

리마는 보고서 끝에 적힌 글을 읽었다.

테드 와이즈먼은 인근 주민들의 존경을 한 몸에 받는 인물로 캘리가 그의 거처에 머물고 있다는 것 이외에 특이한 점은 발견하지 못했다는 것이 바커의 결론이었다.

리마는 고개를 돌려 창밖을 보았다.

휴양도시인 만큼 브라이튼의 밤하늘은 아름답기로 정평이 나 있었다. 그러나 오늘 밤은 구름이 많아 소문난 밤하늘을 감상할 수 없었다.

리마는 탁자 위의 사진과 보고서를 모아 잘게 찢은 후 욕실 변기에 버리고 물을 내렸다.

그리고 스마트폰으로 구글 맵을 켜서 자신이 있는 곳과 테드 와이즈먼의 집 사이를 주의 깊게 확인했다.

그리고 백팩을 다시 둘러맨 리마는 숙소를 나섰다.

와이즈먼 병원까지는 쉽게 갈 수 있었다. 리마가 탄 택시 기사는 병원 이름을 듣자마자 주소도 묻지 않고 그녀를 그 근처까지 데려다주었다.

리마는 바커의 보고서에 적혀 있던 것처럼 와이즈먼이 이 지역에서 상당히 유명한 인물이라는 걸 실감할 수 있었다.

건물 전경을 볼 수 있는 병원 근처 골목에 몸을 숨긴 리마는 생각에 잠겼다.

'캘리가 머물고 있다는 것만으로는 부족해. 테드 와이즈먼이 잠재적 능력자를 각성시킬 수 있는 자라는 확실한 증거가 필요해.'

어설픈 짐작은 위험했다. 만약 팀이 찾고 있는 자가 테드 와이즈먼이 아니라면 엄한 사람을 의심한 꼴이었다.

그리고 이런 유의 착오는 후일 심각한 위험이 될 수 있었다.

진정으로 경계해야 하는 자가 아무런 의심도 받지 않고 자유롭게 돌아다니게 될 테니까.

건물을 보는 리마의 눈이 강한 빛을 발했다.

'위험해질 수도 있지만… 이름만 가지고 이대로 돌아갈 수는 없어. 그리고 어떤 상황에서도 내 한 몸을 빼낼

수는 있으니 잠입하자.'

마음을 정한 리마는 고양이처럼 소리 없이 어둠 속을
이동했다.

그녀의 이동 방식은 이혁의 그것과 비슷했다. 짙은 그
늘로만 이동하고, 발끝으로 걷는 걸음걸이가 그랬다.

사실 그건 이상하게 여길 일이 아니었다.

이혁이 그녀에게 묘행보와 사신암행의 기본을 가르쳐
주었던 것이다.

무영경의 정수를 전한 것은 아니었는데도 리마의 움직
임은 무척 은밀해서 혹독한 훈련을 받은 사람이라도 그
녀를 발견하기가 쉽지 않을 정도였다.

건물 뒤편의 외벽에 몸을 붙인 리마는 눈살을 찌푸렸
다.

'쉽지 않겠어……'

언뜻 보아서는 특별한 구석을 찾기 어려운 평범한 건
물이었다. 그러나 침투하기 위해 살펴보자 문제가 달라
졌다.

건물 외벽은 손으로 잡을 만한 곳이 없었다. 벽돌 사
이의 연결 부위에도 틈이 없었다. 당연히 있어야 할 배수
용 파이프도 보이지 않았다.

게다가 창문들에는 창살로 위장한 적외선 감지 장치가
달려 있었다. 지붕도 평평하지 않고 뾰족하게 경사가 져
있어서 위로 침투하는 것도 쉽지 않아 보였다.

　'신경 많이 썼네…….'

　리마는 속으로 투덜거렸다.

　그나마 다행인 건 그 흔한 CCTV 카메라들이 보이지
않는다는 점이었다. 하지만 그것도 안심할 일은 아니었
다.

　이 정도로 보안에 신경을 쓴 건물에 감시 카메라가 설
치되어 있지 않다는 건 건물주가 빈털터리거나 설치할
필요를 느끼지 못했거나 둘 중의 하나였다.

　리마는 물론 후자일 가능성이 크다고 생각했다. 그렇
다면 더욱 조심해야 했다.

제7장

파리 6지구 오데옹 거리의 고서점.

삐이걱-

낡은 문이 열리며 동양계 청년이 안으로 들어섰다. 카운터에 앉아 있던 에드워드가 들어오는 이혁을 보고는 눈살을 찌푸렸다.

그의 시선이 벽에 달린 커다란 엔틱 시계로 향했다.

시계의 시침은 오후 5시를 넘어가고 있었다.

약속보다 많이 늦은 시간이었다.

에드워드는 자리에서 일어났다.

"시간관념이 부족한 사람일 거라고는 전혀 생각지 않

았는데, 실망스럽소."

이혁이 어색하게 웃으며 입을 열었다.

"실망까지야……. 본의는 아니지만 어쨌든 늦은 건 늦은 거니까. 사과하겠소."

두 번째 방문이었고, 첫 번째와는 상황이 달라서 그는 에드워드에게 존칭을 썼다.

아직은 적아가 불분명한데다 나이 차가 족히 40년은 나 보이는 상대에게 하대하는 건 한국에서 성장기를 보낸 이혁에게 쉬운 일이 아니었다.

에드워드의 눈빛이 깊어졌다.

'생각한 것보다 다루기 더 어려운 인물이다.'

자신을 간단하게 제압할 정도의 능력자가 저렇게 사과하는 걸 보는 건 쉽지 않았다.

대부분의 경우 초강자들은 약자에게 사과할 필요 자체를 느끼지 못했다.

사과하지 않더라도 약자가 강자에게 무어라 할 수 없기 때문이다.

그런데 이혁은 아무렇지도 않게 사과했다. 그를 이해하기 위해 에드워드의 머릿속이 복잡해질 수밖에 없었다.

하지만 그는 아마도 이해하지 못할 터였다.

이혁은 단지 늦은 게 미안해서 사과했을 뿐이라는 걸. 그는 '사과'라는 행위 자체에 복잡한 의도를 숨길 정도로 머리를 많이 쓰는 스타일의 남자가 아니었다.

에드워드는 눈을 깜박여 생각을 지웠다.

지금은 집중해야 할 때였다.

그가 말했다.

"로드께서 기다리고 계시오. 바로 가시는 게 어떻겠소?"

"그렇게 하죠."

이혁에게 다가간 에드워드가 오른손을 내밀며 말했다.

"내 손을 잡아주시오."

이혁은 에드워드의 손과 얼굴을 번갈아 쳐다보았다.

그의 표정이 떨떠름해졌다.

악수도 아니고, 에드워드는 계속 손을 잡고 있어야 한다는 어조로 말했다. 그가 아주 좋아하지 않는 자세였다.

이혁의 속내를 짐작한 에드워드는 기분이 상한 얼굴로 설명을 했다.

"텔레포트로 이동할 거요. 그렇게 하려면 나와 당신의 신체 일부가 연결되어 있어야 하오."

"어감이 참… 신체 일부의 연결이라니……."

이혁은 한국말로 낮게 투덜거리며 에드워드의 손을 잡았다.

다음 순간, 이혁은 안대를 쓴 것처럼 눈앞이 캄캄해지며 몸이 마치 함정에 빠져 어딘가로 확 떨어지는 듯한 느낌을 받았다.

그 시간은 눈 한 번 깜박할 정도로 짧았지만 그리 좋은 느낌은 아니었다.

눈을 한 번 깜박이자 앞이 밝아졌다.

그가 있는 곳은 어떤 건물의 옥상이었다. 주위 환경이 시야에 들어오려는 순간 다시 눈앞이 캄캄해졌다.

연속 텔레포트였다.

눈앞이 어두워졌다 환해지기를 네 번 반복하고 나서야 에드워드의 텔레포트는 끝이 났다.

그의 텔레포트는 근거리용이어서 한 번에 이동할 수 있는 최장거리는 50미터였다. 그걸 생각하면 이동 거리는 2백 미터 이내라고 보아야 했다.

"다 왔소."

에드워드의 음성은 잡았던 손이 풀어짐과 동시에 들려왔다.

이혁은 눈을 두어 번 깜박였다.

텔레포트로 장소를 이동한 건 이번이 처음이었다. 사문의 경신술을 써서 이동하는 것과는 완전히 다른 경험이었다.

두 방식의 가장 큰 차이는 이동이 시작된 후 끝나는 때까지 볼 수도, 느낄 수도 없다는 점이었다.

이혁은 네 번의 텔레포트로 어느 정도의 거리를 어떤 방향으로 이동했는지 감조차 잡지 못했다.

경신술과는 원리 자체가 완전히 다른 기법이었다.

'다시는 하고 싶지 않은 경험이로군.'

그는 무인이었고, 언제 어떤 경우에도 즉각적으로 반응할 수 있는 경지에 이른 남자였다.

그런 그에게 모든 감각이 완벽하게 차단당한 채 이동하는 텔레포트는 신기할 수는 있어도 결코 기분 좋은 경험은 아니었다.

에드워드와 이혁이 도착한 곳은 고풍스런 인테리어로 장식된 작은 응접실이었다.

감색 슈트를 깔끔하게 차려입은 중년인이 악센트가 강한 영국식 영어로 말했다.

"기다리고 있었소."

"늦었습니다."

"덕분에 필요한 자료를 상세하게 읽을 시간을 얻었소. 키안이라고 하오. '빛의 고리'의 로드이기도 하오."

"켄이라고 부르시면 됩니다."

"앉읍시다."

키안은 이혁에게 자리를 권했다.

두 사람이 앉자 앨빈이 소리 없이 다가와 탁자 위에 놓인 찻잔에 김이 올라오는 따듯한 커피를 따랐다.

이혁은 목을 좌우로 꺾었다.

투둑투둑.

한눈에 보아도 많이 불편해 하는 듯한 자세라 키안이 물었다.

"거슬리는 게 있으시오?"

"그건 아닙니다. 그냥 여기 계신 분들이 제 주변 사람들과 분위기가 많이 달라서 적응이 잘 안 되는 것뿐입니다. 신경 쓰지 마십시오. 금방 나아질 겁니다."

그 말에 키안은 쓰게 웃었다.

그와 에드워드는 역사가 깊은 귀족가의 후예였고, 앨빈은 수십 년 동안 그를 모신 집사였다. 신분에 대한 자부심도 남다른 사람들인 것이다.

그래서인지 그들은 현대의 자유분방함과는 거리가 먼

고전적인 분위기를 물씬 풍겼다.

이런 분위기에 익숙할 리 없는 이혁이 불편해 하는 건 당연한 일이다. 그렇다고 그것을 저렇게 대놓고 얘기한다는 건 그리 자연스러운 일이 아니긴 했지만.

잠시 몸을 꿈틀거리던 이혁이 허리를 세우고 키안을 똑바로 바라보았다.

키안의 눈빛이 깊어졌다.

단순히 자세를 바로 하는 것만으로 이혁의 분위기가 완전히 바뀌었다.

방금 전까지의 그가 어디서나 볼 수 있는 이십대 설익은 청년 같았다면 지금의 그는 얼음처럼 차갑고 강철처럼 단단해서 보는 이를 저절로 긴장하게 만드는 무게가 느껴졌다.

이혁이 키안의 눈을 똑바로 응시하며 물었다.

"무스펠하임의 눈을 피해야 했을 테니까 내게 직접 의뢰하지 않은 건 이해하겠습니다. 그런데 왜 나를 선택한 겁니까?"

"우리는 무스펠하임을 자극해서 그들을 공개적인 자리로 끌어낼 수 있는 능력을 가진 사람을 오랫동안 찾고 있었소. 하지만 쉽게 찾을 수 없었지. 우리가 원하는 가장 기본적인 조건인, '그들에게 타격을 가하고 잠시라도 살아남는 것' 조차 충족하는 적임자를 발견할 수 없었소."

그는 잠시 말을 멈추고 이혁을 물끄러미 쳐다보았다.

이혁은 그의 눈에 깃든 회한과 안타까움 그리고 정체를 알 수 없는 슬픔을 읽을 수 있었다.

키안이 계속 말을 이었다.

"그러다 당신을 발견했소. 그것이 멜리사가 손을 쓴 때문이라는 건 나중에 알게 되었지만 말이오."

키안은 이혁이 멜리사를 알고 있다는 전제하에 말을 하고 있었다.

이혁은 혀를 찼다.

자신도 이미 알고 있는 일이었다.

키안이 어떻게 그와 멜리사의 관계를 알게 되었는지 살짝 궁금하기도 했다.

그러나 초인들의 모임인 빛의 고리의 로드가 그 정도도 밝혀내지 못했다면 그는 키안에게 실망했을 것이다.

이혁이 고개를 끄덕이며 말을 받았다.

"그분이 종종 엉뚱한 짓을 하긴 하죠."

키안도 동의했다.

"맞소. 아무튼 당신을 발견한 이후의 일은 이미 알고

있는 바와 같소."

"내가 로드의 존재를 알게 되었을 때 어떤 일이 벌어질지는 전혀 생각하지 않으셨던 것 같습니다."

키안을 보는 이혁의 눈빛이 서늘해졌다.

그와 눈이 마주친 키안은 탁자 밑의 주먹을 거머쥐었다. 손톱이 손바닥을 파고들고, 손등에는 굵은 힘줄이 튀어나왔다.

전혀 의도하지 않은 반사적인 변화였다. 이혁의 눈빛은 그 정도로 위험한 분위기를 느끼게 했다.

보일 듯 말 듯 안색이 굳은 키안이 입을 열었다.

"그때는 당신을 잘 알지 못했소. 당신이 어떤 사람인지 알았다면 그런 접근 방식을 취하지는 않았을 거요. 당신은 내가 직접 만나 협상을 하기에 충분한 자격이 있는 사람이오. 하지만 그때는 그런 생각을 하지 못했소. 그저 세계 톱클래스의 청부업자로 알려져 있었을 뿐이니까. 그런 당신에게 나를 대면할 자격은 없다고 보았었소."

키안은 솔직했다.

변명도 하지 않았고, 이혁을 띄우는 짓도 하지 않았다.

듣기에 따라서는 기분 나쁠 수도 있는 말이었다. 하지만 이혁은 그런 키안의 자세가 오히려 마음에 들었다.

말을 할 때 혀에 꿀을 바르고 얼굴에 화장을 한 듯한 자를 조심하라는 동양의 격언도 있지 않던가.

이혁이 물었다.

"로드가 내 제안에 응한 이유를 알고 싶습니다. 그 대답이 마음에 들지 않으면 어떤 일이 벌어질지 당신도 짐작하고 있을 겁니다. 그런 위험을 무릅쓰고 이 자리까지 온 이유가 뭡니까?"

"당신과 동맹을 맺고자 하기 때문이오."

이혁의 미간이 좁아졌다.

"그게 가능한 일이라고 생각하십니까? 첫 단추를 이런 식으로 끼운 분과 동맹을 맺을 만큼 제가 가슴이 넓은 남자가 아니라는 것 정도는 이제 아실 텐데요?"

"당신의 가슴 넓이하고는 상관없소. 당신이 에드워드를 통해 나를 보고 싶다는 말을 전한 것도 분노를 풀기 위해서만은 아니라고 생각하오. 그리고 우리는 서로에게 필요한 것을 줄 수 있는 관계요."

"내가 로드에게 줄 수 있는 건 전투력이겠죠. 이미 검증도 되었고."

이혁은 장난스럽게 어깨를 으쓱했다. 하지만 말을 잇는 그의 눈빛은 여전히 차갑고 강렬했다.

"로드는 내게 무엇을 줄 수 있습니까?"

"731부대의 비밀 실험과 관련된 자료 일부, 그리고 당신이 알고 싶어 하는 것에 대한 단서와 필요한 지원이요."

포커페이스를 유지하던 이혁의 안색이 눈에 띌 정도로 확 변했다.

응접실이 침묵에 잠겼다.

이혁은 키안의 눈을 보기만 할 뿐 굳게 입을 다물고 있었다. 키안의 자세도 비슷했다. 둘 다 생각이 많을 수밖에 없는 만남이었다.

몇 분의 침묵이 흐른 후 이혁이 입을 열었다.

"내가 로드가 말한 것을 필요로 할 거라는 걸 어떻게 알았습니까?"

"당신이 나를 만나고자 한다는 얘기를 들은 후, 당신에 대해 조사를 했소. 몇몇 친구들의 도움도 받았고. 대답이 되었소?"

"구체적인 대답을 듣고 싶습니다."

보통 사람들끼리의 첫 만남에서도 저런 식의 요구는 심한 결례에 속했다. 하물며 키안 정도의 거물에게야 말할 필요도 없었다.

키안도 알고 이혁도 그것을 알고 있었다. 그럼에도 이
혁은 질문하지 않을 수 없었다. 그냥 넘어갈 수 있는 사
안이 아니었기 때문이다.

키안이 쓴웃음을 지으며 말했다.

"까다로운 분이로군."

"납득할 수 있는 설명을 해준다면 협상은 이루어질 겁
니다."

"내가 도저히 거절할 수 없는 말이구려."

키안이 앨빈을 돌아보며 말을 이었다.

"얘기하겠소, 굳이 숨길 이유도 없으니까. 어차피 우
리가 동맹을 맺게 된다면 당신도 알아야만 하는 일과 깊
은 관련이 있기도 하고."

키안은 커피 잔을 들어 한 모금 마셨다.

"드시구려. 몬머스의 원두와 그곳 방식으로 만든 카페
오레요."

런던에 있는 몬머스 커피숍은 그 분야에서 상당한 명
성을 가진 곳이다.

키안의 시선이 앨빈을 향했다.

"앨빈은 그곳에서 정식으로 배운 바리스타라오."

이혁은 잔을 입에 댔다.

신기하게도 시간이 많이 지났지만 잔에 담긴 커피는 여전한 온기를 품고 있었다. 다른 커피와 달리 그가 마신 커피는 신맛이 강했다.

하지만 불행하게도 이혁의 혀는 커피의 고급과 저급을 구분할 수 있을 만큼 섬세하지 못했다.

그는 커피를 원샷으로 마시고 잔을 탁자에 올려놓았다. 그리고 키안을 바라보았다.

키안은 쓴웃음을 지었다.

이혁과 그의 취향이 얼마나 다른지를 적나라하게 알 수 있는 장면이었다. 그가 차분한 어조로 입을 열었다.

*   *   *

3층 복도에 도착한 리마는 손을 들어 이마에 송골송골 돋아난 식은땀을 닦아냈다. 그녀의 입술 사이로 가는 한숨이 흘러나왔다.

'후아, 빗발치는 기관총의 화망 속을 뛰는 것보다 더 힘든 것 같네.'

그녀는 건물의 3층까지 오기 위해 자신이 지니고 있는 장비는 물론이고 알고 있는 모든 침투 관련 지식, 경험을 쏟아부어야 했다.

'초상능력은 둘째 문제고… 부비트랩이 엄청나. 이 건물의 내외부 경비를 디자인한 인물은 최고 수준의 보안 전문가야.'

그녀의 눈에는 긴장된 기색이 역력했다.

그럴 수밖에 없었다.

건물 외부의 장비들은 침입자 감지와 발견을 주목적으로 설치되었다. 하지만 내부는 달랐다. 단순히 침입자를 발견하는 정도로 그치는 것이 아니었다.

곳곳에 설치된 트랩들은 그것이 누구든 발견되기만 하면 단숨에 무력화시킬 수 있는 치명적인 위력을 품고 있었다.

'잘못 짚은 걸까? 테드 와이즈먼이 초상능력자라면 이런 보안 설비들은 쓸데없는 낭비에 불과할 텐데?'

지금까지의 상황을 생각하면 당연히 가질 수 있는 의문이었다. 그러나 당사자를 겪어보기 전까진 결론을 얻을 수 없는 문제이기도 했다.

리마는 눈살을 찌푸리며 입술을 질끈 물었다. 여기까지 와서 괜한 생각에 시간을 뺏기는 건 아마추어나 할 짓이었다.

그녀는 시야에 들어오는 모든 것을 세밀하게 살폈다.

다행히 보안 설비들이 촘촘하게 설치되어 있는 1, 2층과 달리 3층의 내부는 허술(?)했다. 대신 다른 것들이 화려했다.

복도의 바닥에는 고풍스런 페르시아풍의 붉은 카펫이, 그리고 벽에는 조지프 터너를 연상시키는 풍경화들이 걸려 있었다. 그리고 천장에 달린 등도 샹들리에 형태였다.

전체적으로 섬세하고 우아하면서도 화려한 인테리어는 집주인의 취향을 짐작할 수 있게 했다.

리마는 한 손에는 단검을, 다른 손에는 소음기가 장착된 권총을 들고 좌우를 번갈아 돌아보며 걸음을 옮겼다.

복도의 양쪽으로 여러 개의 방이 있었다.

리마는 소리 없이 전진하며 방 안쪽의 기척에 귀를 기울였다. 몇 개의 방에서는 깊게 잠든 사람의 숨결이 느껴졌다.

확인해 보고 싶은 마음이 없는 건 아니었지만 그녀는 그대로 지나쳤다.

그녀가 찾는 방이 아니었다. 리마는 문서나 책이 보관된 서재 형태의 방을 찾고 있었다.

이런 양식의 인테리어를 선호하는 자들은 침실 같은

곳보다는 서재에 비밀 금고를 둔다는 걸 알기 때문이었다.

계속 전진하던 그녀가 어떤 방 문 앞에서 걸음을 멈췄다. 손잡이의 형태가 다른 방과는 미묘하게 다른 문이었다.

은색으로 빛나는 작은 손이 양각되어 있는 그것은 그건 다른 방문의 손잡이에는 없는 것이었다.

안에서는 아무런 기척도 느껴지지 않았다.

잠겨 있지 않은 손잡이는 리마의 손길을 따라 소리 없이 돌아갔다. 리마는 열린 문을 조심스럽게 밀며 안으로 들어섰다.

창문으로 스며든 달빛이 내부를 비추었다.

책장에는 책이 가득했고, 테이블 위에는 잘 정리된 책과 서류가 놓여 있었다. 서재 겸 간단한 업무를 보는 곳인 듯싶었다.

리마는 서재의 곳곳을 조심스럽게 누르거나 톡톡 두드리며 빠르게 움직였다.

능숙한 몸짓이었다.

그녀는 테일러에게 은밀하게 숨겨진 방이나 비밀 금고를 찾는 법을 전문가 수준으로 배운 터라 어렵지 않게 서

재의 후면 벽에 숨겨져 있는 작은 공간을 찾아낼 수 있었
다.

그 공간을 여는 장치는 옆의 책장에 있었다.

아래에서 두 번째 칸에 있는 앨런 포의 두툼한 단편집
을 뒤로 밀자 스르륵하는 희미한 소리와 함께 벽의 일부
가 아래로 내려가자 가로세로 30센티가량 되는 공간이
모습을 드러냈다.

공간 속에 들어 있는 건 은은한 삼나무 향이 배어나는
작은 상자였다.

전체적으로 검은 색인 상자의 뚜껑에는 출입문의 손잡이
에 양각되어 있는 은빛 손과 같은 형상이 새겨져 있었다.

칼을 허리춤에 꽂은 리마는 상자 뚜껑에 손을 댔다.
나비의 날개를 잡기라도 하는 것처럼 가벼운 손길이었다.

상자에 손을 댄 채로 그녀는 길게 심호흡을 했다. 그
리고 고개를 돌려 창문을 보았다.

창문과 그녀와의 거리는 3미터도 되지 않았다. 그녀의
순발력이라면 한 걸음에 좁힐 수 있는 거리였다.

다시 상자로 향한 그녀의 눈빛이 강렬해졌다.

상자를 들어내면 어떤 일이 벌어질지 알 수 없었다.
적어도 지금까지처럼 조용하지 않을 거라는 건 분명했다.

언제든 움직일 수 있도록 온몸을 적당히 긴장시킨 리마는 번개처럼 손을 뻗어 상자를 집어 들고 옆구리에 낀 채 전력을 다해 발을 굴렀다.

창문이 코앞으로 다가왔다.

리마는 왼쪽 어깨를 앞세우며 몸을 둥글게 말았다.

창문 밖은 허공이었고, 이 방은 3층이었다. 만만찮은 높이였다. 하지만 이 정도에서 오는 낙하 충격 정도는 그녀의 움직임을 제약할 수 없었다.

그녀의 어깨가 창문과 충돌하기 직전,

번뜩—

그녀의 눈앞에 환상처럼 은빛의 선이 하나 그어졌다.

쐐애액—

그 뒤에 공기가 찢어지는 소리가 났다.

리마는 번개처럼 어깨를 움츠리며 발끝으로 창턱을 걷어찼다. 그 반동으로 둥글게 몸을 만 채로 그녀는 뒤로 공중제비를 넘으며 방 중앙 부근으로 이동했다.

휘익—

턱.

두툼한 갈색의 양탄자가 깔린 바닥에 발을 디딘 리마는 천천히 일어서며 출입문 쪽으로 고개를 돌렸다.

그녀는 훤칠한 중년의 신사를 볼 수 있었다. 실물로는 처음 보지만 사진을 통해서 익숙해진 얼굴을 가진 남자였다.

잠옷을 단정하게(?) 입고 있는 그는 테드 와이즈먼이었다. 뒷짐을 지고 선 그가 리마를 보며 말했다.

"그냥 가지 그랬나. 아쉽구먼. 빈손이었다면 돌아가는 길을 굳이 막지는 않았을 걸세. 그럼 여러 모로 좋았을 것을. 쯧쯧……."

리마는 어깨를 으쓱하며 말을 받았다.

"그냥 보내주시죠. 닥터와 싸우는 건 저도 원하지 않거든요."

테드가 눈짓으로 리마가 들고 있는 상자를 가리키며 말했다.

"그럼 그걸 제자리에 돌려놓으시게. 아직 늦지는 않았네."

"내가 얼마나 어렵게 여기까지 왔는지 닥터가 더 잘 알지 않나요? 억울해서라도 빈손으로 돌아갈 수는 없어요."

두 사람의 음성은 부드러웠고 몸짓은 자연스러웠다.

사정을 모르는 사람은 두 사람이 언제든 상대를 죽일 준비가 되어 있는 상태라고는 상상도 하지 못할 것이다.

눈을 가늘게 뜨고 리마의 얼굴을 가만히 들여다보던 테드가 불쑥 말했다.

"자네, 나이지리아에서 캘리를 구해준 그 친구가 맞지?"

"그래서 칼을 빗나가게 던진 건가요?"

리마는 벽 한쪽에 꽂혀 있는 단검의 손잡이를 눈짓으로 가리키며 물었다.

테드는 고개를 끄덕였다.

"밤이슬을 맞고 온 불청객이기는 해도 캘리의 목숨을 구한 은혜가 있는데 다짜고짜 목에 칼을 쑤셔 넣을 수는 없는 일이 아닌가. 그건 예의가 아닐세."

리마는 상자를 슬쩍 들어 올리며 말을 받았다.

"그 예의를 계속 유지해 주시는 게 어떨까요?"

"안타깝지만 그건 안 되겠네. 그 상자 안에 들어 있는 물건이 다른 사람의 손에 들어가면 내가 아주 곤란해진다네. 그러니 자네가 포기하게. 지금이라도 그것을 내려놓는다면 곱게 돌려보내 주겠네. 약속하지."

리마는 어깨를 으쓱했다.

"약속을 지키실 거라고 믿는데도 그 말씀을 따를 수가 없어서 유감이군요."

말이 끝남과 동시에 그녀는 다시 한 번 바닥을 박찼다.

멀어졌던 창문이 눈 한 번 깜박할 사이에 코앞으로 다가왔다.

창턱에 손을 얹은 리마는 머리와 심장, 그리고 오른쪽 다리 쪽으로 쇄도하는 무서운 살기를 감지할 수 있었다.

그 속도는 소름 끼칠 정도로 빨라서 보면서 반응할 여유 따위는 존재하지 않았다.

그녀는 이를 악물었다.

'기회는 한 번뿐이야.'

그녀는 총을 갖고 있었지만 그걸 사용할 생각 같은 건 하지도 않았다.

보통 사람들은 총을 든 그녀가 단검을 쓰는 테드를 상대하지 않고 몸을 빼는 이유를 이해할 수 없을 것이다.

그것을 이해하려면 테드가 던진 단검이 얼마나 공포스러운 위력을 갖고 있는지 알아볼 수 있는 식견이 있어야 했다.

리마는 테드가 단검을 던지는 걸 한 번 경험한 것만으로도 그의 전투력이 어느 정도인지를 알아차렸다.

이혁이 인정한 전투력의 소유자인 그녀조차 이길 수 있다고 장담하지 못하는 강자가 그였다.

삼각형을 이룬 세 개의 은빛 단검이 리마의 몸을 송곳

처럼 꿰뚫는 것처럼 보였다. 하지만 그보다 리마의 반응이 반 박자 빨랐다.

그녀는 창턱을 짚은 손에 힘을 주었다. 회오리바람처럼 한 바퀴 몸을 회전하며 허공으로 뛰어오른 그녀의 몸을 단검들이 스쳐 지나갔다. 간발의 차이였다.

그 순간 리마는 가공할 속도로 팔꿈치를 휘둘렀다.

와장창!

팔꿈치에 맞은 유리창이 폭탄에 맞은 것처럼 박살이 났다. 유리 파편을 뚫고 리마의 몸이 바람처럼 창문을 통과했다.

"휘이익―"

테드는 휘파람을 불었다.

유리창은 방탄유리였다. 여자의 팔꿈치에 맞아 부서질 물건이 아닌 것이다.

"저 정도 되니까 이곳에 올 마음을 먹었겠지만, 아무튼 볼만한 광경이로군."

리마는 이미 땅에 착지해 무서운 속도로 멀어지는 중이었다. 하지만 그녀를 내려다보는 테드의 얼굴에 다급한 기색은 보이지 않았다.

테드는 리마의 등을 보며 중얼거렸다.

"자네는 모르겠네만 내가 잠재력을 각성시킨 녀석들 중에 에드워드라는 이름을 가진 아이가 있다네. 그의 잠재력은 근거리 텔레포트였고, 그 작업은 다른 아이들보다 많이 쉬웠네. 왜냐하면… 내가 이미 그것을 각성한 상태라 그 메커니즘을 손바닥 보듯이 알고 있었거든."

리마가 도로 맞은편의 골목으로 사라졌다.

동시에 테드의 모습도 창가에서 사라졌다.

골목으로 들어선 리마는 전력을 다해 질주했다. 그녀의 발에 밟힌 보도블록이 간간이 깨져 나갈 정도로 그녀의 발에 실린 힘은 강했다.

첫 번째 골목을 나와 작은 길을 건넌 그녀는 어둠에 잠긴 건물 사이의 틈으로 뛰어들었다.

와이즈먼 병원과는 이미 2백 미터 이상 떨어졌다. 그러나 안심하기에는 너무 일렀다.

'어떤 괴물인지 알 수 없는 자…… 보스를 만날 때까지는 절대 안심할 수 없는 자야.'

이혁의 옆이라면 안심할 수 있었다.

그러면 지옥의 왕 하데스에게서도 그녀를 지켜줄 터였다.

리마는 이혁을 떠올릴 정도로 테드에게 두려움을 느끼고 있었다.

겉보기에 테드 와이즈먼은 전형적인 영국 신사풍의 남자였다.

하지만 타고난 대살기의 후유증(?)으로 인해 본능적으로 사람의 내면을 꿰뚫어 볼 수 있는 리마에게 그는 한 번도 느낀 적이 없는 두려움을 느끼게 했다.

바람처럼 달리는 와중에 리마는 옆구리에 낀 나무 상자를 힐끔 보며 입술을 질끈 깨물었다.

'진짜 목숨을 걸어야 할지도 모르겠어.'

그 생각을 마치기도 전이었다.

소름 끼치는 살기가 그물처럼 그녀의 전신을 덮어왔다.

"헉!"

자신도 모르게 헛바람을 내뱉은 리마는 전력을 다해 옆으로 몸을 굴렀다.

쉬쉬싯─

종횡으로 나는 십여 자루의 은빛 단검이 그녀가 서 있던 자리를 갈기갈기 찢어 발겼다.

은빛의 폭포수 뒤에 테드 와이즈먼이 환하게 웃고 있었다.

제8장

"아마 당신이 궁금해 하고 있는 건 우리나 무스펠하임에 대한 것보다 731부대의 비밀 실험에 관한 것이겠지요? 그 실험과 당신이 어떻게 연관되어 있는지 내가 알게 된 과정도 관심이 있을 테고요."

　키안의 말에 이혁은 가볍게 고개를 끄덕였다.

　깊게 가라앉은 시선으로 그를 지켜보던 키안이 싱긋웃으며 말을 이었다.

　"사실을 얘기하자면 당신과 731부대와의 관련성을 찾는 건 생각보다 무척 쉬운 일이었습니다. 우리가 원하는 자료가 동영상으로 떠돌아다니고 있더군요. 물론, 공식적으로 구하기는 쉽지 않았습니다만."

이혁은 이해할 수 없다는 얼굴로 미간을 찡그렸다.

키안이 말하는 동영상 자료가 무엇을 지칭하는 것인지는 바로 이해할 수 있었다. 하지만 그 자료가 731부대와 무슨 상관이 있는지는 알 수 없었다.

그가 입을 열었다.

"동영상 자료라는 게 5년 전, 대전의 무역전시관에서 벌어진 사건을 말씀하시는 겁니까?"

키안이 고개를 끄덕였다.

"맞습니다. 그 사건의 동영상이죠."

이혁의 전신을 위에서 아래로 찬찬히 훑어보며 그가 말을 이었다.

"동영상 속의 주인공은 복면을 하고 있었습니다만… 방금 전 당신을 보았을 때 나는 그 복면인의 정체를 바로 알아차릴 수 있었습니다. 당신의 체격과 눈빛은 그때와 크게 달라지지 않았으니까요."

"눈썰미가 좋으십니다. 어떤 놈들은 몇 번을 보고도 저를 복면인이라고 생각하지 못하던데 말이죠."

"칭찬으로 듣지요. 허허허."

"그런데 그 자료가 731부대와 무슨 상관이 있다는 겁니까?"

이번에는 질문을 받은 키안이 이맛살을 찌푸렸다.

"정말 모르시는 건가요?"

이런 식의 대화가 계속되고 있는데 그 안에 담긴 의미를 알아차리지 못하면 그건 바보다. 다행히 이혁은 깊게 사색하는 취미가 없을 뿐 바보는 아니었다.

그가 얼굴을 굳힌 채 물었다.

"설마… 무역전시관에 나타났던 괴물들이 731부대와 관련이 있다는 겁니까?"

키안은 즉시 고개를 끄덕였다.

"나는 당신이 괴물이라 부르는 존재들이 731부대와 관련이 있다고 확신합니다. 그건 그렇고… 뜻밖이군요. 당신이 5년이나 지난 지금까지도 그 사실을 모르고 있을 거라고는 생각지 못했습니다. 그렇다면 CIA와 독수리의 발톱도 그 사실을 파악하지 못했다는 말인데… 흠……."

끝에 이어진 중얼거림에는 믿기 힘들다는 뉘앙스가 담겨 있었다. 그리고 그건 들으라는 게 아니라 혼잣말에 가까웠다.

하지만 이혁은 얼굴을 찡그렸다.

키안이 그를 모욕주려고 저런 말을 한 것이 아니라는

걸 알아도 은근히 기분 상하는 건 어쩔 수 없었다.

그가 입을 열었다.

"확신하신다면 근거가 있겠죠?"

"물론입니다."

"말씀해 주십시오."

키안은 잠시 말문을 닫았다. 그가 생각을 정리하는 동안 짧은 침묵이 흘렀다. 어느 정도의 시간이 흐른 후 입을 열었다.

"세상에는 초인들이 존재합니다. 선천적으로 능력을 타고나는 나와 같은 초인들도 있고, 당신처럼 신비스럽게 전승되어 온 고대의 비전을 수련해서 초인이 된 사람들도 있습니다. 초인들에게 발현된 능력은 종류를 헤아리기 힘들 정도로 다양합니다. 구체적인 기록이 남아 있지 않아서 파악하기가 더 어렵기도 하고 말입니다."

키안의 눈빛은 바다처럼 깊었다.

"그들에 대한 모든 것은 애매모호한 형태의 전설과 신화로 남아 있을 뿐입니다. 하지만 나는 초인들이 역사 시대 이전부터 보통 사람들과 함께 이 세상을 살아왔을 것이라고 믿습니다."

이혁도 키안의 의견에 동의했다.

수년 동안 세상을 떠돌아다니며 초인들을 여럿 만난 적이 있었기 때문이다. 최근에는 그들과 직접 싸워보기도 했고.

독수리의 발톱에 소속된 초인들을 제외하더라도 그는 몇 명의 초인과 깊은 신뢰 관계를 맺었고, 그 관계는 지금도 지속되고 있었다.

키안의 얘기는 계속되었다.

"역사 시대의 초반까지도 초인들은 개별적으로 움직였던 것으로 생각됩니다. 비록 이 또한 추측에 불과하지만 사실에 가까울 겁니다. 그들이 가문이나 조직을 이루었다는 어떤 증거도 기록도 남아 있는 게 없으니까요. 하지만 인류의 문명이 발달하면서 그들은 다양한 형태로 인간의 역사에 개입하기 시작합니다. 그리스의 올림포스나 북유럽의 오딘 신화, 잉글랜드의 켈트 신화, 이집트 신화, 메소포타미아 신화 속에 등장하는 영웅과 신들이 그들이죠. 동양에도 그런 신화는 많이 남아 있더군요."

"많겠죠."

이혁은 심드렁한 어투로 맞장구를 쳤다.

주의 깊게 듣고는 있었지만 신화사 강의를 하는 듯한 키안의 얘기에 집중하기는 쉽지 않았다. 그는 공부와는 거리가 먼 남자인 것이다.

키안은 쓴웃음을 지었다. 하지만 이혁이 듣고 싶어 하는 부분으로 이야기를 바로 건너뛰지는 않았다.

원하는 것이 있긴 했지만 지금 시점에서 그가 이혁에게 그렇게까지 친절해야 할 필요는 없는 것이다.

"중국의 반고와 여와, 서왕모, 한국의 마고와 환인, 환웅, 단군, 일본의 이자나기와 이자나미, 카무이, 아마테라스, 인도의 비슈누와 시바, 제석천, 아수라, 야차……. 너무 많아 일일이 열거하기 힘들 지경이죠. 그런데 그들 중 누가 만들어진 신화이고 누가 진정한 초인이었을까요?"

"답을 알고 있어야 하는 거였습니까?"

여전히 심드렁한 대답.

키안은 고개를 저으며 말을 받았다.

"그럴 리가 있겠습니까."

그가 싱긋 웃으며 말을 이었다.

"내가 동서양의 신화 속 영웅과 신들의 얘기를 먼저 꺼낸 건 그들의 영향력이 아직도 이 세계에 강력하게 미치고 있기 때문입니다."

그제야 이혁의 눈에 흥미를 느끼는 기색이 떠올랐다.

"현재에 영향을 미치고 있다……? 설령 로드의 말씀처럼 그들이 신화나 전설이 아니라 실존했던 초인들이었다고 해도 아득히 오래전 인물들이지 않습니까? 어떻게 현재에 영향력을 행사한단 말입니까?"

"그들이 영향력을 유지하기 위해 택한 방법은 두 가지입니다. 하나는 폐쇄적인 비밀결사나 가문을 결성해서 대를 잇는 것입니다. 초인은 일종의 돌연변이에 가깝기 때문에 의도한다고 후대에 이어지기는 어렵습니다. 하지만 결사 조직이나 가문을 조직해 힘을 축적한 다음 초인을 탄생시키기 위해 다양한 수단을 동원한다면 손 놓고 우연을 기다리는 것보다 확실히 가능성이 큰 방법이죠."

"다른 하나는 뭡니까?"

"그건… 불가능에 가깝지만 실현할 수만 있다면 아주 단순하면서도 절대적인 방법이죠."

"그런 게 있단 말입니까?"

이혁의 질문에 키안은 고개를 끄덕이며 차분한 어조로 대답했다.

"있습니다. 바로… 영생불사죠."

이혁은 멍해졌다.

영생불사(永生不死).

뜻이야 너무나도 간단한 것이다.

죽지 않고 영원히 산다.

그러나 이 단어처럼 비현실적인 것도 없다.

초인이라는 존재 자체가 상식과 과학의 지평 너머에 있는 것들이기는 하지만 그래도 어느 정도는 수긍이 가능한 측면이 있는 반면, 영생불사는 그렇지 않다.

만약 물리법칙이 지배하는 자연계에 영생불멸하는 인간이 등장한다면……

"영생불사라……. 치명적인 반칙이군요."

이혁의 중얼거림에 키안은 고개를 끄덕였다.

죽지 않는다면 시간은 그의 편이 된다. 아무리 커다란 능력이라도 불사력보다 뛰어날 수는 없다.

예를 들어 적이 현재의 나보다 강대하다면 숨어 있기만 하면 된다. 그럼 언젠가 적은 죽고 나는 산다.

그것이 불사가 치명적인 반칙이 될 수밖에 없는 이유다.

이혁이 물었다.

"그런… 영생불사의 존재가 정말 있습니까?"

키안은 고개를 저었다.

"고대에는 있었다고 합니다. 하지만 현재는 존재하지

않습니다."

"있었는데 지금은 없다……. 그럼 영생도 불사도 아니
지 않습니까?"

"방금 전 당신도 그런 존재가 치명적인 반칙이라고 하
셨죠? 고대의 초인 사회에도 그런 존재들을 두렵고 불안
하게 여기는 공감대가 광범위하게 형성된 시기가 있었습
니다. 강렬한 적의였죠."

"전쟁이 있었던 겁니까?

키안은 고개를 끄덕였다.

"수적으로 필멸자들이 압도적으로 많았기 때문에 전쟁
의 우열은 시작과 동시에 극명하게 드러났습니다. 불멸
자들은 불사일 뿐만 아니라 가공할 초상능력을 갖고 있
었다고 합니다. 그러나 수의 열세는 그들조차 극복할 수
없었고, 필멸자들은 불멸자들을 세상의 끝까지 쫓아가서
죽이고 또 죽였습니다. 하지만 불멸자들은 끊임없이 부
활했습니다. 죽일 수가 없는 존재들이었기에 싸움은 오
래 지속되었다고 하죠."

"엔들리스 워(Endless war)였겠군요."

"하지만 영원처럼 이어질 것 같았던 전쟁도 결국엔 끝
이 났습니다."

이혁의 눈이 반짝였다.

그가 말했다.

"결말이 정말 궁금하군요."

"다행히 필멸자 그룹에 속해 있던 한 초인이 불멸자들을 소멸시킬 수 있는 방법을 찾아냈던 겁니다. 그는 초인들 중 가장 지혜로운 인물로 현자라 불리며 존경받던 사람이었습니다. 그는 불멸자들의 유전자 속에 들어 있는 불멸인자를 강제로 적출해서 분리하는 비전을 만들어냈습니다. 필멸자들은 필사적으로 저항하는 불멸자들을 하나둘 사로잡았고, 그들에게서 불멸인자를 적출해 냈습니다. 불멸인자를 빼앗긴 불멸자들은 두 번 다시 되살아나지 못했습니다. 전쟁이 끝난 것이죠."

"흠……."

이혁은 낮은 침음성을 토했다.

상상을 초월하는 이야기의 연속이었다. 그리고 그것은 아직도 끝나지 않았다.

키안이 이혁에게 물었다.

"엘릭시르와 현자의 돌, 불사약, 선단과 같은 말을 알고 있습니까?"

"들어본 적은 있습니다만……?"

이혁은 말끝을 흐렸다.

단어들야 알고 있었다. 그러나 그것들의 유래와 정확한 의미는 잘 몰랐다. 그런 분야에 관심이 없었기 때문이다.

키안이 빙그레 웃으며 말했다.

"전쟁이 끝난 후 필멸자들은 분열되었습니다."

"왜죠?"

"불멸자의 유전자 속에서 분리 적출해 낸 불멸인자의 소유권 때문이었습니다. 그 방법을 고안해 낸 현자는 단순히 적출법만을 찾아냈던 게 아닙니다. 그는 그것을 필멸자들의 몸에 투입해 불멸자로 만드는 방법까지도 찾아냈던 겁니다. 하지만 현자는 그 방법을 아무에게도 알리지 않았습니다."

"아……."

이혁은 눈을 크게 뜨며 탄성을 토했다.

생각지도 못했던 전개였다.

키안이 말을 이었다.

"그러나 비밀은 오래가지 못했습니다. 불멸인자를 얻어 그것을 자신의 몸과 합일시킬 수 있다면 불멸자가 될 수 있다는 것을 알게 된 필멸자들의 다음 행동은 정해진 것이나 다름없었습니다. 필멸자 그룹에 속하는 초인들은 현자와 불멸인자를 소유하기 위해 무서운 싸움을 벌였습니다. 그 와중에 수많은 비밀결사와 가문들이 멸문당했고, 현자와 불멸인자는 어디론가 사라졌습니다. 그 이후 그들이 발견된 적은 없습니다."

그가 나직하게 탄식하며 계속해서 말했다.

"진실을 아는 초인들이 이 땅에서 사라진 후, 고대의 비밀은 신화가 되고 전설로 화했습니다. 후대인들은 불멸인자를 엘릭시르, 현자의 돌, 불사약, 선단과 같은 말로 부르며 신비롭게 여겼던 것입니다."

이혁이 물었다.

"하나의 대상을 묘사하는 단어가 동서양에 고루 분포되어 있다는 건… 그들의 전쟁이 세계적인 규모였단 겁니까?"

키안은 웃으며 대답했다.

"초인들의 세계에 동서양이 무슨 의미가 있을까요? 그런 구분은 평범한 사람들의 것일 뿐입니다."

이혁은 뒷머리를 긁적였다.

키안의 얘기가 너무 놀라워서 그답지 않게(?) 어리석은 질문을 해버린 것이다.

"불멸인자가 사라진 후 필멸자 그룹의 초인들 중 일부가 은밀하게 불멸인자를 복원하기 위한 연구를 시작했습니다."

이혁의 안색이 진지해졌다. 이야기의 흐름이 그가 듣고 싶어 하던 부분에 이르렀다는 것을 느낀 것이다.

"아이러니하게도 필멸자 그룹의 초인들 중 일부가 불멸자와 싸우며 그들의 신비로운 능력에 매혹당했던 겁니다. 불멸인자에 대한 연구는 아주 긴 세월 동안 계속되었습니다. 결정적인 건 없었지만 작은 성과는 많이 나왔습니다. 그 결과, 연구에 매진한 초인들 중에 상상을 초월할 정도로 오래 사는 사람들도 생겨났습니다. 그러나 그 어느 초인도 영생불사를 가능하게 해주는 불멸인자를 복원하는 데는 성공하지 못했습니다."

말을 잇는 키안의 눈에 강한 빛이 일렁였다.

"그렇게 초인들이 역사의 이면에서 다른 것에 몰두하고 있는 동안 세상은 약한 자들의 것으로 변해갔습니다. 초인들이 세상의 흐름에 관심을 가졌을 때 이미 그들이 공개적으로 나설 수 있는 자리는 어디에도 없었습니다."

이혁은 키안의 의견에 동의했다.

"민주주의는 약자들이 살아남기 위해 강자들과 싸워

획득한 정치체제죠."

키안이 고개를 끄덕였다.

"맞습니다. 법으로 강자들의 전횡을 막고, 무력을 포함한 어떤 권력으로도 사람이 사람을 지배할 수 없도록 만들었죠. 약자들에게는 최적의 정치 시스템입니다. 이것이 무너지는 순간 약자들은 강자들의 노예가 될 수밖에 없죠. 많은 약자는 이 시스템이 얼마나 고마운 것인지 잘 모르는 것처럼 보입니다만."

그는 싱긋 웃으며 말을 이었다.

"약자들은 초인들을 환영하지 않았습니다. 그들은 노예로 살고 싶어 하지 않았죠. 초인들은 자신들이 고대와 같은 영화를 누리려고 한다면 이 세상 전체와 싸워야 하고, 그건 세계의 문명을 파멸시킬 수도 있다는 것을 깨달았습니다. 그래서 그들은 다시 평범함 속에 몸을 숨기고 역사의 그늘로 숨어들어 갔습니다. 그곳에서 그들은 힘을 합쳐 비밀결사를 조직하거나 가문을 만들어냈습니다. 세월이 흐르며 그들이 만든 결사체와 가문들은 안정되어 갔고, 동시에 그들은 두 가지를 확보하기 위해 자신들이 가진 힘을 적극적으로 투입했습니다."

"두 가지? 그게 뭡니까?"

"드러나지 않는 절대 권력과 불사의 힘입니다. 권력을 얻는 건 어렵지 않았습니다. 민주주의와 함께 발전한 자본주의는 돈을 많이 가진 자가 절대적인 힘을 얻을 수 있게 해줍니다. 당신도 잘 아시는 것처럼 초인들이 돈을 버는 건 어렵지 않은 일이죠. 금력을 바탕으로 권력을 얻은 초인들은 불멸인자를 얻기 위한 노력에 끊임없이 투자를 했습니다."

이혁은 눈살을 찌푸렸다.

"영생불사가 반칙인 건 맞지만 이미 보통 사람들은 꿈도 꿀 수 없는 초월적인 능력을 가진 자들이 그렇게까지 집요하게 매달리는 건 이해하기 어렵군요. 오래 살아서 볼 거야 지인들이 늙고 죽어가는 모습뿐이지 않습니까? 결국 혼자 남을 테고. 어느 소설에서 인류가 사라지고 지구에 혼자 남은 불멸자에 대해 써놓은 걸 본 적이 있습니다. 상상만 해도 끔찍하더군요."

"많은 초인도 당신처럼 생각합니다. 모두가 영생불사를 매력적이라고 생각하는 건 아니죠. 영생불사에 매달리는 초인들은 몇 되지 않습니다. 하지만 그들은 여러 초인 결사체와 가문들 중 가장 강력한 힘을 가진 사람들에 속합니다. 그들은 자신들의 결사와 가문이 영원한 권좌에 올라 세상을 지배하는 걸 보고 싶어 합니다. 그러기 위해서는 다른 초인들보다 확실한 우위를 점할 능력이 필요하죠. 그래서 그들이 영생불사에 그토록 강하게 집착을 하는 것입니다."

이혁은 쓰게 웃었다.

"그놈의 욕심……"

키안은 고개를 끄덕였다.

"욕망… 누구보다도 강렬한 욕망… 그런 욕망을 남들보다 강한 힘을 가진 자들이 놓기는커녕 오히려 더 갈구하니 문제가 되는 것이죠."

그가 말을 이었다.

"이 세상 사람들은 현자의 돌이나 연금술의 비의를 물질적인 것이 아닌 정신적 은유라고 생각하지만 그건 무지몽매한 그들의 상상일 뿐, 진실은 그 자체에 있습니다. 초인들에게 영생불사는 은유가 아니라 이제는 잃어버린, 하지만 고대에는 존재했었던 진실인 것이죠. 거듭되는 실패 속에서도 마침내 불멸인자 연구의 끝에 도달한 천재가 나타났습니다."

이혁의 눈에 호기심이 떠올랐다.

"누굽니까?"

"그는 초인이 아니었지만 놀라우리만치 탁월한 직관력을 가진 천재여서 당시 중부 유럽의 배후에서 가장 강력한 영향력을 가지고 있던 한 초인 가문의 눈에 들어 불멸인자 연구에 참여할 수 있게 됩니다. 그리고 마침내 연구의 끝을 보게 되지요. 그는 스위스 사람으로 필립푸스 오레올루스 테오프라스투스 봄바스트 폰 호헨하임이라는 아주 긴 이름을 가진 사람이었죠. 하지만 세상에 알려진 그의 이름은 조금 다릅니다. 아주 짧습니다. 그리고 아마 당신도 들어본 적이 있을 겁니다."

이혁이 미간을 좁히며 이야기에 집중하는 걸 본 키안이 빙긋 웃으며 말을 이었다.

"그는 역사 속에 파라켈수스라는 이름으로 남은 사람입니다."

이혁의 눈이 살짝 커졌다.

역사나 상식이 빈약한 그도 알고 있는 이름이었다. 파라켈수스는 연금술에 관심이 조금이라도 있다면 모를 수가 없는 사람이었으니까.

"파라켈수스는 48세의 나이로 사망했습니다. 그의 죽음이 거짓이라고 믿는 사람들도 상당히 많지만 실제로 그는 1541년 48세의 나이로 잘츠부르크에서 죽었습니다. 물론, 자연사는 아니었으며 속설처럼 쓸쓸하게 죽어 가지도 않았습니다. 당시의 잘츠부르크는 불멸인자 연구의 결과를 노리는 초인 가문들의 전쟁터였습니다. 결국 그곳에 몸을 숨기고 있던 파라켈수스는 발견되었고, 살해당한 것입니다."

"세상 사람들이 모르는 비사(秘事)로군요."

낮게 중얼거린 이혁이 계속해서 물었다.

"파라켈수스의 연구 결과는 누구의 손에 들어간 겁니까?"

그의 질문에 키안은 짧게 탄식하며 대답했다.

"후우, 누군가의 손에 들어갔다면 좋았을 테지만… 불행하게도 사망한 그의 몸 어디에서도 연구결과가 기록된 문서는 나오지 않았습니다. 단지 연구 과정의 일부가 담긴 문서가 발견되었을 뿐이죠. 초인 가문들은 그 문서라도 얻으려 전력을 다했습니다. 많은 사람이 죽었고, 문서는 여러 조각난 채 뿔뿔이 흩어졌습니다."

"그들로서는 허탈한 결과였겠군요."

"보통 사람들에겐 정말 다행스런 결과이기도 하지요. 아무튼 문서의 일부라도 얻은 가문과 결사체는 즉시 은둔에 들어갔지만 몇몇은 또다시 습격당했고 문서를 탈취

당했습니다. 그런 과정이 반복되었죠. 그렇게 파라켈수스의 문서 일부는 수백 년 동안 세상을 떠돌다가 1920년, 대일본의 교토 제국 대학 의학부 출신의 유럽으로 유학을 왔던 한 일본인의 손에 들어가게 됩니다."

"그가……."

이혁의 입술 사이로 새어 나오는 목소리는 스산했다.

키안이 조금 굳은 얼굴로 말을 받았다.

"당신의 생각이 맞습니다. 그가 후일 731부대장이 된 이시이 시로입니다."

"음……."

"이시이 시로는 요즘 용어로 사이코패스였던 자입니다. 잔인하고 이기적이며 타인과의 정서적 공감이 전혀 되지 않는 그런 자였죠. 그리고 천재였습니다. 그는 불멸인자 연구의 일부를 얻은 후 일본으로 돌아와 그것을 연구할 수 있는 방법을 찾다가 정부를 움직여 731부대를 만듭니다. 그곳에서 이루어졌던 생체 실험은 표면적으로 세균전 연구라고 전해지지만 실제로는 불멸인자를 연구했던 것이죠. 그 연구의 결과물 중 하나가 당신이 무역전시관에서 상대했던 몬스터입니다."

"성과가 있긴 있었군요."

키안은 고개를 끄덕였다.

"하지만 이시이 시로도 불멸인자를 만들어내는 데는 실패한 것 같습니다. 대신 그 과정에서 보통 사람의 신체를 초인화시키는 방법의 단초를 찾아낸 것으로 보입니다. 전시관의 몬스터를 볼 때 완전한 것 같지는 않지만 말입니다."

말을 잇는 키안의 안색이 한층 더 진지해졌다.

"여기부터가 아마 당신이 정말 듣고 싶어 하는 내용일 겁니다."

이혁도 진중한 표정이 되어 귀를 기울였다.

"이시이 시로는 공식적으로는 1만여 명, 비공식적으로는 약 40만 명을 대상으로 생체 실험을 했습니다. 어떤 초인 가문도 그렇게까지 무자비하고 광대한 연구를 하지 못했습니다. 지금까지도 731부대에서 얼마나 많은 사람이 죽었는지 논란이 될 정도로 그의 생체 실험은 광범위하게 이루어졌습니다. 국가의 전폭적인 지원이 있어 가능했던 일이었고, 연구 성과도 상당했습니다."

"그런데 어째서 일본이 태평양 전쟁에서 패전한 것인지도 아십니까? 내가 겪은 전시관의 몬스터는 굉장히 강력했습니다. 숙련된 군인이라 할지라도 중무장한 소대 정도는 되어야 상대가 가능할 정도로요. 그런 것들이 후방에 풀린다면 그 나라는 대혼란에 빠졌을 테고, 전쟁 수행에 막대한 지장을 받았을 겁니다. 그런데 전쟁 당시 일본은 그런 움직임을 보여주지 못했습니다. 이유가 뭡니까?"

"우리가 파악하기로 이시이 시로라는 자는 자신과 가족밖에 모르는 인물이었습니다. 그 테두리 밖의 사람들과는 전혀 정서적 공감대를 형성하지 못했지요. 그런 자가 초인 연구를 국가와 공유할 리 있겠습니까? 일본 정부는 731부대에서 초인 연구가 진행되고 있다는 걸 전혀 몰랐던 겁니다."

"막대한 지원을 하고도 속은 거로군요."

"그렇습니다. 하지만 이시이 시로도 그리 좋은 꼴로 끝나지는 못했습니다. 전쟁이 끝날 즈음 731부대의 초인 연구실에서 반란이 있었던 것 같습니다."

"왜 그렇게 생각하시죠?"

"전후에 731부대의 초인 연구에 참여했거나 그것을 지원했던 것으로 의심되는 인물들이 보인 움직임이 그것을 말해주고 있습니다."

"그들 중에 태양회가 포함됩니까?"

키안은 고개를 끄덕였다.

"태양회와 미국에서 활동하는 일본계 카이요우는 은밀하게 초인 연구를 하고 있고, 성과도 있습니다. 그런 결과는 무(無)에서 나올 수 없지요. 그들도 731부대에서 나온 초인 연구의 일부를 손에 넣었다고 보는 것이 합리적입니다. 그리고 대전에서 당신이 보았던 것은 아마도 가네무라 슈이치가 부대에서 만들어낸 것을 전쟁이 끝났을 때의 혼란을 틈타 빼돌린 것이었을 겁니다."

"가네무라 슈이치? 그가 누굽니까?"

"어떤 기록에도 존재가 드러나지 않는 자죠. 하지만 그는 이시이 시로의 최측근 연구자였고, 이시이에 버금가는 천재였습니다. 그는 전쟁이 끝난 후 종적을 감추었는데 일본 어디에서도 발견되지 않았습니다. 대신 태평양 전쟁이 한창이던 43년에서 45년 사이 조선의 충청도 지역에서 목격된 적이 있다는 짧은 기록이 남아 있죠."

이혁은 천천히 주먹을 폈다.

자신도 모르는 사이 그는 주먹을 꽉 쥐고 있었다. 손톱이 손바닥을 파고들어 붉은 자국을 남겨놓은 것이 보였다.

그만큼 키안의 이야기를 들으며 긴장했던 것이다.

키안의 얘기는 아직 끝나지 않았다.

그가 말을 이었다.

"이시이 시로의 초인 연구 자료를 얻은 건 한중일 삼국 모두였습니다. 한국에서는 박씨 성을 가진 자가 태양회를 만들었고, 미국인으로 귀화한 후지와라 일족이 카이요우를 만들었지요. 그리고 중국에서는 적씨 성을 가진 자가 자신의 혈족들이 만든 혈해 속에서 연구를 지금까지 하고 있습니다."

키안은 입을 다물었다.

이혁은 가늘게 숨을 내쉬었다.

긴 이야기였고, 그 속에는 알고 싶어 했던 것들이 대부분 포함되어 있었다. 그렇지만 의문이 모두 해소된 것은 아니었다.

키안은 정말 많은 것을 알고 있는 남자였고, 파트너로서 충분한 자격이 있었다.

그는 마음을 정하고, 키안에게 물었다.

"무스펠하임과 빛의 고리도 파라켈수스의 유산과 관련이 있습니까?"

키안은 부드럽게 웃었다.

"물론입니다. 이 시대를 사는 초인 결사체와 가문 중

에 그것과 관련 없는 자들은 아무도 없습니다."

이혁이 오른손을 내밀었다.

키안이 그 손을 마주 잡았다.

이혁이 말했다.

"잘 부탁드립니다."

"고맙습니다. 그 말은 내가 하고 싶은 말이로군요."

두 사람은 마주 보며 웃었다.

제9장

서로를 필요로 하는 관계라는 것을 인정한 이혁과 키안의 분위기는 눈에 띄게 편안해졌다.

　대화에 여유가 생기자 이혁은 좀 전부터 에드워드가 보이지 않는다는 것을 알아차렸다.

　키안에게 묻고 싶은 것들이 많았지만 협력하기로 약속을 한 이상, 다그치듯 질문할 이유는 없었다.

　숨 고를 시간도 필요했고.

　그가 키안에게 지나가는 어투로 물었다.

　"에드워드는 어디 간 겁니까?"

　"고서점에 다른 손님이 온 것 같다며 잠시 다녀온다고

했습니다."

이혁은 혀를 찼다.

키안과 에드워드 사이에 저렇게 짧지 않은 대화가 오갔는데도 함께 있던 그는 알아차리지 못했다.

빛의 고리에 속한 사람들은 다른 사람이 눈치채지 못하게 의사를 전달하는 수법을 알고 있는 듯했다.

"배우고 싶은 의사 전달 방식이로군요."

키안은 풀썩 웃었다.

"당신은 아마 배우지 못할 것 같군요."

이혁이 떨떠름한 어투로 말을 받았다.

"머리 쓰는 건 별로 좋아하지 않지만 몸기술을 배우는 데는 남 못지않습니다."

키안은 여전히 미소를 지으며 고개를 저었다.

"그런 의미가 아닙니다. 이건 자질이나 노력으로 해결할 수 있는 문제가 아니라는 뜻입니다. 우리는 텔레파시로 상대방에게 자신의 의사를 전달합니다."

"아……!"

이혁은 멋쩍은 표정으로 고개를 끄덕였다.

텔레파시는 초상능력이다. 타고나지 않은 자는 제아무리 피나는 노력을 하더라도 사용이 불가능한 영역의 기술인 것이다.

한국 속담에 호랑이도 제 말하면 온다는 말이 있다. 영어권 국가에도 비슷한 속담이 있다. 'Speak of the devil' 이라는.

응접실의 공간 일부가 일그러지는가 싶더니 방금 전까지 없었던 두 사람이 환상처럼 나타났다.

이혁이 미간을 찡그렸다.

"테일러?"

나타난 건 에드워드와 테일러였다.

테일러가 굳은 얼굴로 이혁에게 한 걸음 다가서며 입을 열었다.

"보스, 리마에게 문제가 생겼습니다."

이혁의 얼굴이 돌처럼 딱딱해졌다. 테일러가 어떻게 이 자리에 왔는지에 대한 궁금증은 흔적도 없이 사라졌다.

그는 리마의 잔소리만 빼고 그녀의 모든 것을 자신의 목숨처럼 아꼈다.

"무슨 문제?"

"어떤 상황인지는 알 수 없습니다. 그녀가 발신한 SOS만 받았습니다."

"말도 없이 SOS만?"

"예."

"어디야?"

묻는 이혁의 목소리가 무겁게 가라앉았다.

테일러는 이를 지그시 물며 창백한 얼굴로 대답했다.

"영국의 브라이튼입니다."

이혁의 눈빛이 강해졌다.

"브라이튼? 세븐 시스터즈로 유명한 그 관광지?"

"그렇습니다."

대답하는 테일러의 목소리는 이혁보다 더 무거웠다.

리마에게 조사를 부탁한 사람은 그였다. 그 부탁이 아니었다면 리마는 영국에 가지 않았을 것이다. 그러니 마음의 부담이 남다를 수밖에 없었다.

이혁은 자리에서 벌떡 일어났다.

둘 사이에 오가는 대화를 들으며 그들의 심상찮은 분위기에 긴장한 키안도 몸을 일으켰다.

이혁이 키안에게 살짝 목례하며 입을 열었다.

"제가 아끼는 동료에게 급한 일이 생긴 듯합니다. 오늘은 이만 실례해야겠습니다. 듣지 못한 얘기는 다음 기회에 부탁드립니다."

말을 마친 이혁은 바로 몸을 돌려 자리를 뜨려 했다. 하지만 그를 부르는 키안의 목소리에 걸음을 멈춰야 했다.

"미스터 켄, 잠깐만 기다려 주시오!"

키안의 목소리는 진지했다.

이혁은 고개를 돌려 그를 보았다.

키안이 이혁과 테일러를 번갈아 보며 말했다.

"방금 브라이튼이라고 말씀하신 것 같은데, 맞습니까?"

"그렇습니다만?"

테일러가 어리둥절한 표정으로 말을 받았다.

키안의 눈빛이 어두워졌다.

그가 물었다.

"소식이 끊어졌다는 사람이 그곳에서 마지막으로 만난 사람이 누군지 알 수 있겠습니까?"

키안의 질문을 받은 테일러가 이혁에게 대답해도 되냐는 질문이 담긴 시선을 던졌다. 이혁은 허락의 뜻으로 고개를 끄덕였다.

"리마가 구체적인 계획을 얘기해 주지는 않았습니다. 그래도 그녀가 누굴 만나려 했는지 짐작할 수는 있습니다. 그곳에 있는 제 정보원이 그녀에게 어떤 사람에 대한 정보를 넘겨주었다고 했기 때문입니다. 그녀는 아마도 그를 만나러 갔을 것입니다."

키안이 물었다.

"혹시 정보원이 리마라는 분에게 넘겨주었다는 사람의 이름이 테드 와이즈먼이 아닙니까?"

테일러의 안색이 확 변했다. 그의 얼굴을 보는 것으로 충분했다. 대답을 들을 필요조차 없는 얼굴빛이었다.

테일러의 얼굴을 본 이혁이 키안에게 고개를 돌리며 물었다.

"그를 아십니까?"

얼굴빛이 창백해진 키안이 나직한 한숨과 함께 말했다.

"아무래도 나도 함께 가봐야 할 듯하군요. 테드 는……."

그가 이혁을 보며 말을 이었다.

"나의 아버지입니다. 그분은 정말 감당하기 어려운 성격의 소유자이지요."

이혁의 얼굴이 멍해졌다.

"후욱… 후욱……."

바닥에 털썩 주저앉은 리마는 거친 숨을 몰아쉬며 벽에 등을 기댔다.

땀에 푹 젖은 머리카락이 얼굴에 찰싹 달라붙었다. 군데군데 땀이 마르며 생겨난 소금기가 거칠고 퍼석했다.

그 느낌은 상당히 거슬렸다. 하지만 손을 들어 그것들을 정리하지 않았다. 그럴 기운이 남아 있지 않았다.

부욱.

리마는 바지 밑단을 잡아 길게 찢었다. 그리고 그 천으로 아직도 피가 흐르고 있는 왼쪽 팔뚝을 꽉 조여 지혈했다.

그리고 달착지근해진 입 안의 침을 모아 바닥에 뱉었다.

"퉤!"

그녀가 뱉은 덩어리는 검은 피와 침이 엉긴 것이었다. 그것을 본 리마의 눈매가 심하게 일그러졌다.

피의 색이 검다는 건 내부의 장기가 손상되었음을 의미했다. 그에 비하면 피부의 찢어진 상처 정도는 별거 아니었다.

리마는 바닥에 내려놓은 상자로 시선을 돌렸다. 그녀가 흘린 피가 묻은 상자는 군데군데가 붉은색으로 변해 있었다.

"이 안에 대체 무엇이 들었는데 저 괴물이 포기하지 않는 거지?"

열어보고 싶은 마음이 아주 없는 건 아니었다. 그러나 지금은 그럴 수 없었다.

호기심을 충족시킬 만큼 여유 있는 상황도 아니었고, 상자의 잠금장치 또한 손쉽게 열 수 있을 정도로 간단하지 않았던 것이다.

그녀는 뒷머리를 벽에 기대며 손으로 복부를 쓸어내렸다.

내부 장기들이 칼로 끊어내는 것처럼 고통스러웠다. 그리고 그 고통은 일시적인 게 아니라 계속 이어지고 있었다.

"테드 와이즈먼… 대체 어떤 놈인 거지? 샴무카의 봉인을 풀었는데도 감당할 수가 없었어. 세상엔 정말 괴물이 많다는 보스의 말은 틀린 것이 아니었어."

그녀는 머리를 살짝 들어 창밖을 보았다.

인적이 끊어진 거리는 자동차도 보이지 않았다. 어둠이 그 거리를 덮고 있었다. 너무 고요해서 깊은 숲 속에 들어와 있기라도 한 듯한 기분이었다.

"미치광이 정신과 의사놈… 보스에 버금가는 몬스터일 줄이야. 꽤 강한 능력자이리라 짐작은 했었지만 그런 괴물일 거라고는 생각지도 못했어……."

리마는 진저리를 치듯이 어깨를 미미하게 부르르 떨며 중얼거렸다.

그녀가 있는 곳은 브라이튼 동부 외곽에 자리 잡은 4층 건물의 내부였다. 테드 와이즈먼의 집요한 추적을 간신히 따돌리자마자 이 건물에 들어왔다.

4층까지 올라온 그녀는 마침 사람이 아무도 없는 집을 발견하고 몸을 숨긴 것이다.

"보스가 샴무카의 대살기를 강제로 봉인하지 않았으면 오늘 이렇게까지 몰리지는 않았을 텐데……."

리마는 쓴웃음을 지으며 고개를 저었다.

"쓸데없는 미련! 보스가 샴무카의 대살기를 봉인하지 않았으면 난 벌써 죽어 흙으로 돌아갔을 거야. 비록 시간제한이 있기는 해도 위급할 때는 봉인을 해제할 수도 있으니까 그것으로 됐어. 더 이상의 바람은 욕심이지. 훗."

그녀의 시선이 다시 어둠과 정적에 휩싸인 거리를 향했다.

"언제쯤 오실까, 너무 늦지 않으셨으면 좋겠는데……."

그녀는 도주하며 테일러에게 구조 신호를 보냈다.

신호가 제대로 도착했을 거라는 데는 일말의 의심도 없었다. 신호 발생 장치는 테일러가 직접 만들어서 그녀에게 건네준 것이었으니까.

구조 신호를 받은 테일러는 즉시 이혁에게 그것을 보고했을 것이다.

이혁을 아는 리마는 그가 한순간도 지체하지 않고 브라이튼으로 달려올 것이라고 믿었다. 그녀에게 그는 그런 남자였다.

"최소한 두 시간은 걸릴 거야. 그때까지 그 괴물에게 잡히지 않을 수 있을까? 오래 버티기는 좀 힘들 거 같은데……. 쳇."

혀를 차며 중얼거리는 그녀의 눈에 얼핏 무거운 기운이 스쳐 지나갔다.

브라이튼은 테드 와이즈먼의 영역이었다. 이곳에서 그의 시선을 피해 도주하겠다는 건 희망 사항에 불과했다.

그는 호락호락한 남자가 아니었다.

그래도 어떻게든 이혁이 올 때까지 버텨야 했다.

그녀는 그를 신처럼 존경했고, 그와 한 팀으로 일하고 있다는 것에 강한 자부심을 가지고 있었다.

그래서 자신이 테드에게 사로잡힌다면 그의 얼굴에 먹칠을 하는 것이라고 믿었다. 그녀에게 그런 상황은 차라리 죽는 것보다 못했다.

이혁을 떠올린 그녀의 입가에 희미한 미소가 번졌다.

"이럴 때 보스가 하던 말이 있었는데… 뭐였지, 음……?"

곧 원하는 걸 생각해 낸 그녀가 나직한 목소리로 말을 이었다.

"죽지 않았잖아. 그럼 아직 끝난 게 아니야!"

그의 말투까지 흉내 내며 중얼거린 그녀가 싱긋 웃었다. 이혁은 어떤 극한 상황에서도 포기할 줄을 모른다. 그리고 그건 리마도 마찬가지였다.

앞으로 예상되는 상황은 최악에 가까웠다. 하지만 그녀의 목소리는 오히려 조금씩 여유가 묻어나기 시작했다.

사람의 근성은 궁지에 몰려야 온전히 드러난다. 그녀는 이혁이 인정할 만큼 남다른 근성의 소유자였다.

*　　　　*　　　　*

휘이이잉-

골목을 돌아 나오는 바람이 세찼다. 그 바람이 잘 정돈된 그의 머리카락을 흐트러뜨렸다. 해안 지역인 탓에 바람에서 옅은 비린내가 났다.

테드는 눈앞에 흘러내린 머리카락을 쓸어 넘기며 인도에 쪼그리고 앉았다. 그리고 보도블록의 한 구석에 떨어져 있는 작은 점을 손가락 끝으로 매만졌다.

아직 완전하게 마르지 않은 핏물이 손끝에 달라붙었다.

어둠 속이어서 보통 사람이라면 발견하지 못했을 흔적이었다.

하지만 테드에게 어둠은 전혀 장애물이 되지 못했다. 그의 눈에 보이는 혈흔은 밝은 햇살 아래서 보는 것만큼이나 뚜렷했다.

그는 천천히 일어서며 옆으로 고개를 돌렸다.

그는 혼자가 아니었다.

나시티에 반바지를 입은 경쾌한 복장의 흑인 미녀가

그의 옆에 서 있었다.

테드가 여인에게 물었다.

"캘리, 그녀가 이곳을 지난 지 얼마나 된 것 같으냐?"

캘리는 테드의 손가락 끝에 눈길을 주며 대답했다.

"피가 완전히 마르지 않았어요. 길게 잡아도 30분은 넘지 않았을 거예요."

"30분이라……."

말을 받으며 테드는 주변을 둘러보았다.

두 사람이 있는 곳은 주택들이 빽빽하게 들어선 지역이었다.

밤을 하얗게 새고 있는 사람들이 켜놓은 불빛이 창밖으로 간간이 새어 나오고 있었다. 하지만 거리에 사람의 모습은 보이지 않았다.

시간이 너무 늦은 것이다.

테드가 혀를 차며 말했다.

"쯧, 생각보다 도망치는 데 재주가 있는 아이야."

"그녀는 잘 훈련된 전사입니다, 마스터. 가볍게 보아서는 안 됩니다."

"알고 있어. 그건 그렇고 네 말투 어떻게 하면 안 되겠나? 어렸을 때는 그렇게 부드러웠던 녀석이 몇 년 보지 못했다고 사내놈들보다 더 딱딱한 말투를 쓰고 있으니 영 적응이 안 돼."

캘리는 멋쩍은 듯 웃었다. 피부가 검어서인지 실제보다 더욱 희어 보이는 가지런한 이가 드러났다.

"노력하고 있습니다, 마스터."

테드는 못마땅한 듯 눈살을 찌푸렸다.

"될 수 있으면 그 노력이 빨리 결실을 보았으면 좋겠다."

"예."

캘리가 화제를 바꾸려는 듯 물었다.

"그런데 아까 그녀를 왜 잡지 않으신 겁니까?"

"잡지 않은 걸로 보였느냐?"

"예."

"조금 무리를 했다면 잡을 수도 있었겠지."

캘리의 얼굴에 믿을 수 없다는 기색이 떠올랐다. 테드는 그 능력의 끝을 알 수 없는 신비한 사람이었다.

그래서 리마를 일부러 잡지 않은 것이라고 생각하고 있었다. 그런데 속사정은 보이는 것과 많이 달랐다.

놀란 목소리로 캘리가 되물었다.

"무리요?"

"그래."

테드의 눈빛이 강해졌다.

그가 말을 이었다.

"그 아이는 강했다. 드러나지 않은 부분, 내면에 품고 있는 존재가 겉보다 훨씬 더 위험한……. 그래서 나는 궁금해졌다. 저런 아이를 이 정도로 안전하게 제어한 남자가 과연 어떤 자인지. 난 그를 봐야겠다."

"그렇게 생각하지는 못했습니다. 그래도 먼저 그녀의 신병을 확보하고 그를 만나는 것이 낫지 않을까 싶습니다만. 그녀가 보스로 모시고 있는 남자는 평범하지 않습니다. 그가 이곳에 온다면 마스터도 머리가 아프실 겁니다."

우려하는 기색이 섞인 캘리의 의견에 테드는 빙그레 웃었다.

"물론 그럴 생각이다. 그 아이가 갖고 달아난 물건 때문에라도 제노사이더라는 자가 도착할 때까지 그녀를 놓아둘 수는 없다."

"중요한 것입니까?"

테드는 고개를 끄덕였다.

"제노사이더라는 자가 동양인이라고 했지?"

"예."

"그가 만약 한국인이라면… 더욱 그 물건은 그자의 손에 들어가면 안 된다. 아무튼 그 아이를 발견하기만 하면 아까보다는 훨씬 잡기 수월할 거다. 힘을 많이 빼놓았으니까."

말을 하던 테드가 인상을 쓰며 주택가를 노려보았다.

"그런데 어디에 숨어 있는 걸까."

"마스터 눈에도 안 보입니까?"

"나라고 만능은 아니란다, 캘리."

장난스러운 어투로 대답한 테드가 말을 이었다.

"이래서 재주 많은 아이를 상대하는 건 귀찮다니까."

입을 다문 테드는 천천히 걸음을 옮겼다. 캘리도 묵묵히 그의 뒤를 따랐다. 번갯불처럼 빛나는 네 개의 눈동자가 사방을 훑어나갔다.

*   *   *

보트에서 내린 키안의 두 다리가 허벅지까지 바닷물에 잠겼다.

철벅철벅.

물을 헤치고 앞으로 나가며 키안은 옆에서 걷고 있는 이혁에게 말을 걸었다.

"놀랍군요."

"테일러를 잘 알게 되면 더 놀라실 겁니다."

이혁이 덤덤한 어투로 말을 받았다.

키안은 고개를 끄덕이며 슬쩍 눈을 돌려 뒤를 보았다.

그들을 태우고 온 보트는 바다로 되돌아가고 있었다. 그것이 향하는 건 바다 위에 웅크리고 있는 거대한 잠수함이었다.

두 사람은 저 잠수함을 타고 왔다.

키안이 놀란 건 이혁이 프랑스 해군의 잠수함을 즉각 동원한 것도 그렇지만, 영국 해군이 영해 내로 들어온 프랑스 잠수함을 못 본 척 눈감아준 것 때문이었다.

잠수함은 스텔스 기능이 없는 독일제 디젤잠수함이었다. 영국 해군이 저것을 발견하지 못했을 리는 없었다.

그럼에도 불구하고 잠수함은 최고 속도로 런던 남부의 해안도시 브라이튼 부근까지 아무런 제지도 받지 않고 왔다.

키안은 이혁이 갖고 있는 초인적인 전투 능력보다도 오히려 이렇게 뛰어난 지원 부분이 더 두렵다는 생각이

들었다. 현대의 전투는 총력전이었기 때문이다.

몇 걸음 걷지 않아 두 사람은 해안의 모래밭에 도달했다.

일행은 그들 둘뿐이었다. 측근이라 할 수 있는 사람들은 모두 배제한 채, 그들만 왔다. 기동성 때문이었다.

조금이라도 시간을 지체하면 리마에게 무슨 일이 생길지 몰랐다.

그들을 기다리고 있던 거대한 검은 세단이 미끄러지듯 다가왔다. 보닛의 앞부분에 보이는 엠블럼은 럭셔리카의 대명사 중 하나인 벤틀리였다.

차가 멈추고 운전석에서 나비넥타이를 맨 정장 차림의 노신사가 내렸다.

백발을 올백으로 빗어 넘긴 그의 이마에는 굵은 주름이 많았고, 얇은 입매는 고집스럽게 다물어져 있었다.

전체적으로 꼬장꼬장한 느낌을 주는 노신사는 키안을 향해 정중하게 허리를 숙여 입을 열었다.

"로드, 기다리고 있었습니다."

그리고 허리를 펴며 뒷좌석의 문을 열었다.

키안이 눈짓으로 노신사를 가리키며 이혁에게 말했다.

"조쉬는 내 오랜 친구요. 그의 운전 솜씨는 영국 제일이라고 해도 과언이 아니라오."

차에 오르며 키안이 조쉬에게 말했다.

"브라이튼까지 최대한 빨리 가주게."

"예, 로드."

조쉬는 지체 없이 대답했다. 그리고 액셀을 밟았다.

부우우우웅!

벤틀리는 거대한 차체에 어울리지 않게 튕기듯이 앞으로 튀어나갔다. 하지만 차에 탄 사람들은 진동을 거의 느끼지 못했다.

이혁은 시트에 몸을 묻으며 창밖으로 시선을 주었다. 시야에 들어오는 사물이 무서운 속도로 뒤로 밀려나고 새로운 풍경이 끊임없이 나타났다.

푹신한 가죽이 그의 온몸을 감싸듯 부드럽게 안았다. 평소라면 농담이라도 한마디 했겠지만 그는 차가운 시선으로 밖을 볼 뿐이었다.

해안에서 브라이튼까지의 거리는 30킬로미터가 채 되지 않았다. 이 속도라면 10분 정도 뒤면 목적지에 도착할 수 있을 터였다.

침묵이 어느 정도 흘렀을 때 역시 창밖을 보며 생각에 잠겨 있던 키안이 불쑥 입을 열었다.

"리마라는 분이 어째서 테드를 조사하고 있었던 건지 물어봐도 되겠습니까?"

이혁이 고개를 돌려 키안을 보았다.

그는 잠시 말이 없었다. 하지만 그 시간은 길지 않았다. 굳이 숨길 필요도 느끼지 않았고 어차피 알게 될 일이기도 했다.

"나이지리아에서 캘리라는 여인을 만난 적이 있습니다. 그녀는 오라로 사물을 볼 수 있는 특이한 능력의 소유자였죠. 나는 그 능력의 발현과 관련된 이야기를 그녀로부터 들을 수 있었습니다."

그 정도만으로도 키안은 일의 전말을 충분히 짐작할 수 있었다. 그러나 그는 이혁의 말을 막지 않고 계속해서 귀를 기울였다.

이혁은 씁쓸한 얼굴로 말을 이었다.

"나는 캘리에게 우리와 함께 일을 했으면 좋겠다고 제안했습니다. 그녀는 거절했죠. 그리고 영국으로 떠났습니다. 나는 그걸로 그녀에 대한 미련을 버렸는데 테일러와 리마는 그러지 못한 것 같습니다. 두 사람은 캘리를 추적했고, 리마는 그녀의 종적을 쫓아 영국까지 왔습니다. 그리고 테드라는 사람을 추적하다가 이런 상황이 벌어진 거죠."

키안은 고개를 끄덕였다.

그가 진중한 얼굴로 말을 받았다.

"테드가 저의 부친이긴 합니다만 의절한 지 이미 60년이 넘었습니다. 브라이튼에 계시다는 건 알고 있어도 들여다본 적은 없어서 어떻게 지내고 계신지는 몰랐지요."

"의절이요?"

"오기 전에 말했던 것처럼 그분은 독특한 성격의 소유자입니다. 난 그것을 끝까지 견디지 못하고 그분과 결별했지요."

리마의 소식을 듣고 이곳까지 오며 이혁은 마음이 급했다.

그래서 키안과 테드 사이에 있었던 일의 자세한 내막을 물어볼 마음의 여유도 없었다. 한데 지금 둘이 의절한 사이라는 말을 듣고 의아해졌다.

"흠… 구체적인 이유를 알고 싶은데 말씀해 주실 수 있습니까?"

"테드는 '빛의 고리'를 만든 일대 로드십니다. 멜리사가 친아들처럼 사랑할 만큼 뛰어난 능력을 가진 분이었죠. 처음에 그가 '빛의 고리'를 창설한 건 멜리사 때문이었습니다."

"멜리사 때문이라뇨? 빛의 고리가 고아들을 돕기 위해 만들어졌다는 말씀입니까?"

이혁의 질문에 키안은 쓰게 웃었다. 멜리사가 자신의 과거를 그에게 솔직하게 얘기하지 않았다는 걸 알 수 있는 질문이었다.

키안은 말했다.

"당신은 지금의 멜리사밖에 모르니 그렇게 생각하는 게 당연합니다만, 과거의 그녀는 많이 달랐습니다."

이혁은 키안의 눈에 경외감이 어리는 것을 볼 수 있었다. 깊은 존경심과 더불어 더 깊은 곳에 똬리를 틀고 있는 감정은 명백한 두려움이었다.

그의 말이 계속되었다.

"이제 당신도 짐작하고 있겠지만 테드는 평범한 사람을 초상능력자로 각성시킬 수 있는 이 세상 유일의 능력자입니다. 물론, 그 평범한 사람은 잠재적인 능력을 타고난 사람이어야 하죠. 테드도 아예 평범한 사람을 능력자로 만들지는 못합니다. 테드는 멜리사의 도움을 받아 잠재성을 가진 소년과 소녀들을 찾아내 자신의 능력으로 그들을 초상능력자로 키워냈습니다. 그리고 그들과 함께 '빛의 고리'를 만들었죠."

"왜 그런 일을 한 거죠?"

"멜리사의 의지였습니다. 그녀는 사라진 불멸인자 연구 자료를 손에 넣고 싶어 했습니다."

"아……."

낮게 탄성을 토한 이혁의 안색이 딱딱하게 굳었다. 키안의 말에 담긴 엄중한 의미를 깨달은 것이다.

고개를 돌린 키안의 눈이 이혁을 똑바로 보았다.

그가 말했다.

"몇 시간 전 내가 한 얘기 중에 불멸인자 연구 자료를 손에 넣은 가문에 대한 부분을 기억하십니까?"

"기억합니다."

"혹시 멜리사의 풀네임을 아십니까?"

이혁은 고개를 저었다.

멜리사를 존경하는 그도 그녀의 풀네임은 알지 못했다. 물어보지도 않았고, 그녀도 얘기한 적이 없었다.

키안이 자신의 질문에 대한 대답을 했다.

"그녀는 초인 가문들 중에서도 세 손가락 안에 꼽힐 정도로 강성했던 화렌마이어 가문의 주인, 멜리사 화렌마이어입니다. 파라켈수스 사망 후 벌어진 초인 가문들 사이의 전쟁을 통해 불멸인자 연구 자료를 가장 많이 확보한 가문은 화렌마이어가였습니다. 그리고 멜리사는 당시 그 가문의 가주였지요."

파라켈수스는 1541년 사망했다.

당시 멜리사가 화렌마이어가의 가주였다면 이미 그때도 적은 나이는 아니었을 것이다. 그렇다면 그녀의 나이는 최소한 600살은 넘는다고 보아야 했다.

생각을 이어가던 이혁의 입술이 살짝 벌어졌다.

멜리사의 나이가 아주 많다는 것을 알고 있었다. 그렇다고 600살이 넘었을 거라고 생각해 본 적은 없었다.

어떻게 그런 상상을 할 수 있으랴.

"…내가 추측하고 있었던 것보다 조금… 나이가 많은 할머니로군요……."

놀람을 말해주듯 이혁의 말투가 더듬거렸다.

"많죠. 후후후."

낮게 웃은 키안이 말을 이었다.

"나와 테드는 많은 일을 함께했습니다. 찾아다니던 자료의 일부를 손에 넣기 전까지는 말입니다. 그것을 얻은 후 테드는 변했습니다. 멜리사는 더 이상 그를 제어할 수 없게 되었고, 테드는 자신을 따르는 사람들과 함께 '빛의 고리'를 떠났습니다. 그 때문인지는 알 수 없지만 멜리사도 이후 완전히 다른 사람이 되었습니다. 더 이상 불멸인자의 연구 자료를 찾으려 하지 않았고 고아들을 돕는 일에 전념했죠."

"당신은요?"

"훗… 테드가 자료를 얻을 때 나는 그 일부를 보았고 기억했습니다. 나는 나를 따르는 '빛의 고리' 동료들과 함께 그 자료를 연구하며 세월을 보냈습니다. 무스펠하임이 우리를 자극하기 전까지는 말입니다."

이혁의 눈이 빛났다.

"멜리사는 무스펠하임이 '빛의 고리'가 갖고 있던 귀중한 물건을 탈취했기 때문에 전쟁이 벌어졌다고 했었는데, 그 귀중한 물건이라는 것이 그럼……."

키안은 고개를 끄덕였다.

"맞습니다. 무스펠하임이 도적질해 간 것은 불멸인자 연구 자료였습니다. 그래서 그들과 원하지 않는 전쟁을 해야만 했죠. 그리고 그 전쟁은 아직도 현재 진행형입니다. 그들이 훔친 물건을 돌려주어야만 전쟁은 끝이 날 것입니다."

그는 깊게 숨을 내쉬며 말을 이었다.

"테드가 어떻게 변했을지는 알 수 없습니다. 하지만 그는 60년 전에도 대단히 위험한 분이셨습니다. 나는 지금의 그를 상상하기조차 쉽지 않군요. 평화롭게 해결되기를 바랍니다만… 조심해야 할 겁니다."

이혁은 고개를 끄덕였다.

전면의 차창 너머로 어둠에 잠겨 있는 작은 도시가 빠르게 다가오고 있는 것이 눈에 들어왔다.

브라이튼이었다.

제10장

행여나 놓칠까 걱정이 되는 듯 상자를 옆구리에 꼭 낀 리마는 이를 악물며 창밖의 한 점을 무서운 눈으로 노려 보았다. 그 시간은 짧았다. 시선을 거둔 그녀는 번개처럼 창을 뛰어넘었다.

　어둠 속에서 기둥처럼 뻗어 나온 보라색의 빛줄기가 그녀가 있던 자리를 강타했다.

　쾅!

　포탄이 터지는 굉음과 함께 그녀가 몸을 숨겼던 집의 벽면이 터져 나갔다.

　빛은 레이저가 아닐까 하는 생각이 들 만큼 속도가 빨

랐다. 나타났다 싶으면 이미 목표점을 타격하고 있었으니까. 그리고 파괴력은 속도보다도 더 엄청났다.

지진이 난 것처럼 건물이 흔들리면서 가루가 된 시멘트와 돌가루가 복도에 안개처럼 자욱하게 퍼졌다.

허공을 뛰어넘어 다른 건물의 옥상에 발을 디딘 리마는 조금의 망설임도 없이 그대로 앞으로 몸을 굴렸다.

구르고 공처럼 튀어 올라 공중회전을 거듭하다가 지면에 발을 디디면 좌우 어느 쪽으로든 다시 몸을 날렸다.

화살의 형상을 한 보라색 빛이 그녀가 있던 자리를 쫓아가며 내리꽂혔다. 공격헬기에서 쏘아대는 기관포의 포탄들을 연상시키는 공격이었다.

퍼퍼퍼퍼퍽!

부서진 건물의 파편들이 간발의 차이로 공격을 피해 앞서가는 리마의 등으로 우박처럼 쏟아져 내렸다.

피하는 속도가 조금이라도 느렸다면 그녀의 등은 갈기갈기 찢어진 넝마처럼 변했을 것이다.

미처 피하지 못한 몇 개의 조각들에 그녀의 어깨와 등, 옆구리는 푹푹 패이며 피를 뿜어냈다.

후드득. 후드득.

허공에 흩뿌려진 핏물이 아래로 떨어지며 건물에 붉은

얼룩을 만들어내는 것이 눈에 들어왔다.

리마는 눈살을 찌푸렸다.

지혈할 시간이 없었다. 그건 더 이상 은밀하게 도주할 수 없다는 말과 같았다.

이렇게 많이 흘러내린 피를 초를 다툴 정도로 짧은 시간 안에 완전히 지울 수 있는 방법은 없기 때문이다.

'이건 또 무슨 능력일까? 아무도 나와 보질 않네.'

그녀가 도주하며 지나온 건물의 수가 어느새 이십여 개를 넘었다. 옥상이나 외벽의 일부가 파괴된 건물의 숫자도 같았다.

아무리 깊은 잠에 빠져 있는 새벽 시간대라 해도 이 정도의 소란이면 인근이 다 깨어나야 정상이었다. 그런데 밖으로 나오기는커녕 창밖으로 얼굴을 내미는 사람도 보이지 않았다.

침묵을 강요하는 거대한 장막이 자신을 중심으로 반경 수백 미터를 뒤덮고 있기라도 한 듯 느껴졌다.

보라색 빛의 공격을 정신없이 피하는 와중에도 리마는 속으로 혀를 내둘렀다.

자신을 잡으려고 하는 자이긴 해도 테드 와이즈먼의 능력은 다시 만나기 어려울 만큼 놀라웠다. 이런 상황이 아니었다면 가르침을 청했을지도 몰랐다.

리마가 세 번의 공중회전에 이어 바닥 구르기 네 번을 마쳤을 때 바로 뒤에서 테드의 목소리가 들려왔다.

"슬슬 피곤해지는군. 재롱은 이쯤하고 멈추는 게 어떨까 싶네만!"

리마는 달리는 것을 멈추지 않은 채 고개만 슬쩍 돌려 뒤를 보았다.

불과 5미터밖에 떨어지지 않은 곳에 짜증이 가득한 얼굴로 서 있는 테드와 어색한 표정의 캘리가 보였다.

퍼퍼퍼퍼퍽!

리마가 달려가려는 정면에 보라색 빛의 기둥들이 창살처럼 쏟아져 내리며 바닥에 박혔다.

어쩔 수 없이 리마의 몸이 급정거하며 측면으로 방향을 틀었다. 하지만 테드도 그것을 보고 있지마는 않았다.

리마의 전후좌우 사방에서 보라색 빛이 쏟아져 내렸다.

뛸 수 있는 곳은 허공밖에 없었지만 보라색 빛기둥의 높이가 7미터를 넘고 있었다.

지닌 능력이 보통 사람의 범주를 벗어난 그녀라 해도 뛰어서 벗어날 수 있는 높이가 아니었다.

리마는 숨을 깊게 들이쉬며 움직임을 멈췄다. 그리고 몸을 돌려 테드를 바라보았다.

그는 3미터 앞까지 접근해 있었다.

"이제 포기한 건가? 그랬으면 좋겠구먼. 기꺼이 두 손을 들고 환영하겠네."

"살아 있는 한 포기는 없어요."

리마의 음성은 담담했다. 하지만 그 안에 담긴 강렬한 의지를 읽은 테드는 안타까운 얼굴로 한숨을 내쉬었다.

"자네처럼 재능 있는 친구를 다치게 하고 싶지는 않네. 하지만 순순히 내 제안을 받아들이지 않는다면 나도 마냥 너그럽게 상대할 수는 없지 않겠나."

리마의 핏물에 젖은 입술에 미소가 떠올랐다.

"우리 보스가 종종 하는 말이 있어요. 고향에서 쓰는 비속어라던데 '개소리엔 똥이 약이라더라' 는 것이죠. 들어본 적이 있나요?"

테드의 얼굴이 얼음장처럼 차가워졌다.

"나는 모욕을 참아주는 사람이 아닐세."

리마는 어깨를 으쓱하며 말을 받았다.

"여기에 참으라고 한 사람이 있나요?"

이런 식의 대화를 더 유지하는 건 아무런 영양가도 없

는 일이었다.

테드도 그것을 알고 있었다.

"자네가 시간을 끌고 있다는 것을 알고 있네. 조금 더 놀아주었으면 좋겠지만 그건 어렵겠어."

그의 시선이 도시의 해안 쪽을 향했다.

그들이 멈춘 곳은 6층 건물의 옥상이었다. 지대도 높은 곳이어서 검은 바다가 한눈에 들어왔다.

잠시 침묵하던 테드가 입을 열었다.

"엄청난 기운을 가진 사람이 접근하고 있군. 아마 자네가 보스라고 부르는 친구겠지. 그 친구가 오기 전에 자네와의 일은 마무리를 지어야겠네."

"능력이 있다면 얼마든지 하시죠."

리마는 환한 미소를 지으며 말했다.

그녀의 능력은 테드에게 미치지 못했다. 그래서 그가 느낀 강자의 접근을 알아차릴 수 없었다. 하지만 아무래도 상관은 없었다.

누가 알아차리는 게 뭐가 그리 중요할까. 정말로 중요한 건 이혁이 이곳으로 달려오고 있다는 것이었다.

그녀는 이를 악물며 주먹을 꽉 움켜쥐었다.

그가 올 때까지 무슨 수를 써서든 버텨야만 했다.

테드를 노려보는 그녀의 맑은 눈동자가 핏빛으로 물들어갔다. 눈 깜박할 사이에 그녀의 커다란 눈동자는 흑백의 구분이 사라졌다.

그 자리를 채운 건 핏물에 담갔다 꺼낸 것처럼 시뻘겋게 변한 눈동자였다.

변화와 함께 끔찍할 정도로 맹렬한 살기와 투기가 그녀의 전신에서 흘러나왔다.

그것에 직격당한 캘리의 안색이 시체처럼 창백해졌다. 혹독한 훈련을 받은 엘리트 군인 출신인데도 리마의 눈을 똑바로 쳐다보지 못했다.

그녀가 감당할 수 있는 수준의 살기가 아니었다.

그러나 캘리와 달리 리마의 변화를 바라보는 테드의 얼굴에 놀람의 빛은 보이지 않았다. 대신 흥미로워하는 기색이 가득 떠올라 있었다.

"인도 쪽의 신성(神性)을 품고 있는 것 같은데 무언지 모르겠군. 능력의 대부분이 봉인된 것으로 보이는데도 이 정도의 살기와 투기라면 그 신성이 군신이나 파괴신 계열이지 않을까 생각되네만. 자네를 잡으면 그것부터 조사하고 싶구먼, 후후후."

낮은 웃음과 함께 테드의 양손이 장난처럼 허공을 휘

저었다.

그의 손길을 따라 보라색의 선들이 북극의 오로라처럼 아름다운 빛의 향연을 만들어내며 그들이 있는 건물의 상공을 뒤덮었다.

리마는 피가 나도록 입술을 깨물었다.

자신을 포위하며 거리를 좁히고 있는 보라색의 오라에 담긴 가공할 힘이 뼛속까지 느껴졌다.

아름답게 보이는 것은 외관뿐이었다. 저 힘이 온전한 포위망을 구축한다면 그녀는 거미줄에 걸린 날파리 신세가 될 터였다.

한 가닥 핏물이 그녀의 입꼬리를 타고 흘러내렸다.

그녀는 움켜쥔 오른 주먹을 들어 올렸다.

오른팔 전체에서 스멀거리며 붉은 안개가 흘러나와 그녀의 주먹을 둥글게 에워싸더니 곧 40센티 길이의 뾰족한 뿔 모양으로 변했다.

테드의 입가에 만족스러워하는 미소가 떠올랐다.

"무리를 하는구먼. 그렇게 봉인을 강제로 거역하며 힘을 쓰면 몸이 버티지 못하고 부서질 텐데?"

리마는 비웃음에 가까운 미소를 지으며 말했다.

"내게는 당신에게 잡히는 것보다는 부서지는 쪽이 훨

씬 더 명예로운 일이라고 생각되는군요!"

그녀의 목소리는 탁하게 느껴질 정도로 꽉 잠겨 있었다. 남은 힘을 마지막 한 방울까지 끌어내고 있어서이리라.

테드는 어깨를 으쓱했다.

"쓸데없이 고집 센 여아로구먼."

대화를 나누는 와중에도 보라색 빛의 오라는 계속해서 움직였다. 그리고 리마와 2미터도 안 되는 거리까지 접근했다.

리마의 주먹 끝에 생성된 붉은 뿔의 색도 진해졌다. 뿔의 주변을 흐르는 붉은 안개에서 진한 피 냄새가 나는 듯했다. 그 정도로 농도가 짙었다.

테드의 양손이 한순간 허공에서 정지하는가 싶더니 갑자기 확하며 아래로 떨어졌다. 그것이 신호인 듯 보라색 오라의 움직임이 무섭게 빨라졌다.

오라는 거대한 허리케인처럼 회전하며 리마의 전신을 짓눌러갔다.

리마의 붉은 눈이 폭발하듯 강렬한 광채를 발한 것도 그 순간이었다.

"가랏, 블러드 유니콘!"

날카로운 외침과 함께 리마의 손에서 튀어나온 붉은 뿔이 한 마리 거대한 핏빛의 말 형상으로 화했다.

리마의 손에서 돋아났던 붉은 뿔은 말의 이마에 붙어 있었다.

블러드 유니콘은 한 걸음에 허공을 가로질러 정면의 보라색 오라와 무서운 기세로 충돌했다.

콰아앙!

날벼락이 치는 듯한 굉음과 함께 건물이 무너질 듯 뒤흔들렸다.

보라색 오라에 직경 1미터 크기의 구멍이 생겨났다. 그리고 핏빛의 유니콘은 깨어진 유리처럼 산산이 흩어졌다.

그때까지 여유 있는 모습이던 테드의 얼굴이 잔뜩 일그러졌다. 그의 코에서 가느다란 핏물이 흘러나오고 있었다.

충격을 받은 것이다. 하지만 피를 닦아낼 시간은 주어지지 않았다. 오라에 난 구멍으로 막 뛰쳐나오고 있는 리마를 보았기 때문이다.

무서운 속도로 구멍을 벗어나 테드에게 달려드는 그녀의 얼굴은 엉망이었다.

동양에서 일곱 개의 구멍이라 부르는 두 눈과 코, 입
과 귀에서는 붉은 핏물이 덩이져 쏟아지고 있었다.

상처가 가볍지 않음을 알 수 있었다. 하지만 그녀의
혈안에 어린 빛은 오히려 전보다 더욱 강렬했다.

그녀의 눈은 죽기 전에는 결코 포기하지 않을 것이라
고 말하고 있었다.

테드는 진심으로 머리를 휘휘 내저었다.

"지독한 아이로다!"

그는 눈살을 찡그리며 손목을 비틀었다.

허리케인처럼 소용돌이치던 오라가 리마의 정면에서
거대한 해머의 형상으로 변하더니 그녀의 전신을 세차게
후려쳐 갔다.

리마는 상자를 꼭 잡은 채 두 팔을 가슴 앞에서 엑스
자로 교차하며 그대로 전진했다.

타워실드를 닮은, 아래위로 긴 직사각형 형태의 붉은
안개의 방패가 그녀의 전면에 나타나 해머를 방어해 갔
다.

해머의 회전각만큼 손목을 이동시키는 테드의 입가에
미소가 떠올랐다. 그리고 싸움을 지켜보고 있는 캘리의
눈가엔 그늘이 졌다.

겉에서 볼 때에도 해머와 방패의 우열은 확연했다.

해머의 색과 형태는 실제처럼 뚜렷했다. 하지만 방패는 금방이라도 부서질 것처럼 허술해 보였고 색도 흐렸다. 게다가 흐느적거리는 안개처럼 출렁거렸다.

캘리는 안타까움에 가슴이 답답해졌다.

리마는 그녀를 죽음에서 구해준 은인이었다. 상황이 변했다고 은혜를 원수로 갚는 건 사람이 할 짓이 아니었다.

그녀의 성격상 다른 경우였다면 생각할 것도 없이 리마를 도왔을 것이다, 은혜를 모르는 사람도 아니었고. 하지만 지금 리마의 편을 들 수는 없었다.

테드는 그녀의 잠재되어 있던 초상능력을 각성시켜 준 사람이었다. 게다가 눈에 보이는 것만이 세상의 전부가 아니라는 걸 알려준 정신적 스승이기도 했다.

캘리가 번민에 빠져 있는 순간 해머가 무서운 기세로 방패를 후려쳤다.

쾅!

정신력에 의해 형상화된 것들임에도 충돌은 물리적인 현상을 만들어냈다.

휘이이이잉-

사방에 태풍과도 같은 바람이 휘몰아쳤다. 눈도 뜨기 어려울 만큼 강한 바람이었다.

방패 뒤에 있던 리마의 몸이 충격파를 이겨내지 못하고 튕겨 나갔다. 옥상의 경계를 벗어난 그녀의 몸이 허공에 떴다.

리마의 뒤를 따라 옥상을 박차고 허공으로 날아오른 테드의 얼굴이 와락 일그러졌다.

"생각보다… 많이 빠르군!"

영문을 알 수 없는 중얼거림이었다. 그러나 그 말에 담긴 의미를 알게 되는 데는 긴 시간이 필요하지 않았다.

테드는 신속하게 손을 뻗었다.

그의 손끝에서 흘러나온 보라색 기운이 여러 갈래의 채찍처럼 꼬이며 아래로 떨어지고 있는 리마의 허리를 뱀처럼 휘감았다.

리마는 두 눈을 똑바로 뜬 채 자신의 허리를 조이는 보라색 기운을 바라보았다. 그저 바라볼 뿐이었다.

자신이 토해낸 피로 턱과 가슴을 붉게 물들인 채 추락하고 있는 그녀의 몸에는 손가락 하나 까닥거릴 힘조차 남아 있지 않았기 때문이다.

그저 할 수 있는 건 테드의 거처에서 가지고 나온 상자를 놓치지 않도록 끌어안고 있는 것뿐이었다.

그녀의 허리를 휘감은 보라색 기운이 급격하게 조여들며 위로 확 잡아챘다. 덜컥하는 소리가 들리는 듯했다. 리마의 추락은 그렇게 멈췄다.

테드는 발밑에 엔진이라도 단 것처럼 허공을 날아 다시 옥상으로 돌아갔다. 둥둥 뜬 채 리마가 그의 뒤를 따랐다.

테드의 발이 옥상을 디딜 즈음 그와 일정한 거리를 두고 날던 리마의 몸이 그의 앞으로 날아가 바닥에 부드럽게 내려앉았다.

그는 혀를 찼다.

"떠날 시간이 부족한 게 조금 아쉽구먼."

그의 말을 받듯이 어디선가 감정이 담기지 않은 목소리가 들려왔다.

"떠나지 않은 걸 다행으로 생각하는 게 좋을 거요. 그건 수습할 시간이 있다는 얘기니까. 그냥 갔다면 당신과 관련된 모든 것이 파괴되었을 거요."

"젊어서 그런가… 무척 자신만만하군."

말과 함께 테드는 고개를 돌렸다.

어느새 옥상에는 두 사람이 늘어나 있었다. 8미터가량 떨어진 옥상의 난간 부근에 무심한 얼굴의 이혁과 조금 난감해 하는 기색의 키안이 서 있었다.

키안을 본 테드가 어리둥절한 표정으로 물었다.

"키안? 네가 맞는 거냐? 혹시 내 눈이 잘못된 거냐?"

키안은 쓰게 웃으며 대답했다.

"아버님의 시력이 잘못되었을 리가 있겠습니까. 저는 키안이 맞습니다."

"허, 네가 여기 왜 온 거냐?"

"친구의 부하가 곤란한 상황에 처해 있다는 소식을 듣고 돕기 위해 왔습니다."

"네가?"

믿을 수 없다는 기색으로 반문하던 테드가 이혁을 눈으로 가리키며 물었다.

"저 젊은 동양인이 네 친구라고?"

"그렇습니다, 아버님. 더 정확하게 말씀드리자면… 서로 돕는 파트너 같은 관계라고 할 수 있겠죠."

"파트너라… 허허, 오래 살다 보니까 너한테 그런 게 생기는 걸 다 보게 되는구나."

"켄은 제 파트너가 될 자격을 넘칠 정도로 충분히 가

진 친구입니다."

"저 친구 이름이 켄인가?"

키안이 이혁을 돌아보며 대답했다.

"다들 그를 켄 크루아흐라고 부릅니다."

"태초의 마신이라……. 영 마음에 들지 않는 이름이로구나."

중얼거리는 테드의 반듯한 이마에 주름이 잔뜩 생겼다. 이혁의 다른 이름이 정말로 마음에 들지 않는다는 기색이 완연한 얼굴이었다.

이혁이 한 걸음 앞으로 나섰다.

대화는 끊겼고, 사람들의 시선은 모두 그에게 모였다.

"키안은 당신이 자신의 부친이라고 하더군요. 그래서 지금 나는 많이 참고 있는 중입니다. 리마에게서 손을 떼시죠. 그럼 이번만은 그냥 넘어가 드리겠습니다."

듣고 있던 키안의 입이 저절로 벌어졌고, 테드는 어처구니가 없다는 표정이 되었다. 그가 말했다.

"참고 있다? 그냥 넘어가주겠다? 내 살다 살다 별 개 같은 소리를 다 듣는구나."

토해내는 그의 숨결이 뜨거워지고 있었다.

그가 말을 이었다.

"안 참으면 어떡할 건지 궁금해지는군. 나는 궁금한 건 참지 못하는 성격일세. 그러니까 그냥 넘어가지 말아 보게, 뒤가 궁금해서 미칠 거 같으니까."

이혁은 흰 이를 드러내며 소리 없이 웃었다.

눈빛이 서늘해지며 그의 주변이 폭풍과도 같은 살기에 휩싸였다.

키안과 테드의 사이가 좋은 것 같지는 않았다. 그래도 그들은 아버지와 아들 사이였다. 키안과 협력하기로 한 당일, 그의 부친과 다짜고짜 싸우기란 쉽지 않았다. 그러나 이혁은 이 자리를 말로 끝낼 생각은 눈곱만치도 없었다.

쓰러져 있는 리마의 모습은 그의 마음속 살기를 극한으로 끌어올리고 있었다. 테드가 키안의 부친이라고 해도 봐줄 마음이 생길 리 없는 모습이었다.

그래도 마음 편하게 싸우기 위해서는 테드를 싸움에 적극적이게 만들 필요가 있었다. 파트너가 된 키안에 대한 이혁 나름대로의 작은 배려(?)였다.

이혁은 멜리사를 만난 후로 영생에 가까운 생명을 얻은 사람들의 성격이 어떤지 알게 되었고, 그것이 도움이 되고 있었다.

멜리사에 비할 수는 없었지만 테드도 상당히 오래 살았기 때문인지 어린아이 같은 구석이 있었다.

누구나 쉽게 알아차릴 수 있는 정도의 자극에 불과한데도 그는 참지 못하고 반응했다. 참을 필요를 느끼지 못했다고 하는 게 좀 더 정확한 표현이겠지만.

테드의 손목이 보일 듯 말 듯 움직였다. 그러자 리마의 몸이 붕 뜨더니 캘리의 앞으로 천천히 날아갔다.

그녀는 자신의 앞, 허공에 도착한 리마를 조심스럽게 안아 들었다. 그리고 빠르게 뒤로 물러났다.

그것이 싸움의 신호였다.

이혁은 망설이지 않고 움직였다.

쐐애애액-

공간이 찢어지는 듯한 거친 바람 소리와 함께 이혁과 테드의 사이에 있던 8미터 정도의 거리가 단숨에 사라졌다.

테드의 안색이 확 변했다.

코앞에 이혁의 주먹이 나타나 있었다. 그리고 그것은 지금 그의 안면을 뭉개기 위해 번개처럼 날아드는 중이었다.

이혁은 유령 같았다.

테드는 그의 움직임을 보지도 못했을 뿐더러 초감각으로도 전혀 잡지 못했다. 초상능력을 얻은 후로 지난 2백여 년 동안 한 번도 경험한 적이 없는 일이었다.

휘익!

이혁의 주먹이 테드가 있던 허공을 강타했다.

테드는 이미 사라진 후였다.

키안의 측근인 에드워드가 펼쳤던 근거리 텔레포트 능력이었다.

그가 지닌 재능은 한두 가지 초상능력에 국한되지 않는 듯했다. 하지만 이혁은 전혀 당황하지 않았다.

그는 한 주먹에 싸움을 끝낼 수 있으리라는 기대 따위는 하지도 않았다. 키안을 초상능력자로 키웠고, 빛의 고리를 만든 능력자와의 싸움인 것이다.

이혁은 오른발 뒤꿈치를 축으로 삼아 반 회전했다. 수평으로 누운 오른 팔꿈치가 가공할 기세로 그의 뒤쪽을 쳤다.

이혁의 뒤를 찔러가던 보라색 창의 측면과 그의 팔꿈치가 무시무시한 속도로 충돌했다.

쾅!

보라색 창의 머리가 산산이 으스러졌다.

3미터쯤 뒤에서 기운을 운용하던 테드의 코에서 핏줄기가 터졌다.

"크윽!"

비명 소리의 여운이 사라지기도 전에 그의 모습이 안개처럼 흩어졌다. 그리고 그 자리를 이혁의 주먹이 파고들었다.

테드가 서 있던 자리에서 이혁은 지면을 박찼다. 그의 몸이 미사일처럼 허공 3미터 지점까지 수직으로 솟구쳤다.

안개가 뭉치듯 허공에서 몸을 드러내던 테드의 얼굴이 창백해졌다. 하지만 곧 시뻘겋게 물들었다.

"감히!"

싸움이 시작되자마자 몰리기 시작해서 능동적 공세로 전환하지 못하고 있는 자신의 상황이 그의 분노에 불을 붙인 것이다.

암왕사신류의 박투무예 야차회륜박은 짝을 찾기 어려운 연환 공격의 정수였다.

그것은 상대를 박살낼 때까지 공격을 멈추지 않는 무예라는 걸 테드가 알 턱이 없었다.

이혁은 무표정한 얼굴로 그의 가슴을 향해 번갈아 발

길질을 해댔다.

테드는 몸을 뒤집으며 두 팔을 가슴 앞에 교차시켰다.

원형의 두툼한 보라색 방패가 나타나 그의 팔뚝을 보호했다. 그리고 그 위에 이혁의 발끝이 화살처럼 박혔다.

콰쾅!

허공에서 서너 바퀴 회전하며 뒤로 밀려나는 테드의 입에서 피분수가 뿜어졌다.

근거리 텔레포트를 썼다면 이렇게까지 되지는 않았겠지만 이혁의 움직임이 너무 빨라서 그것을 펼칠 여유를 주지 않았다.

지켜보던 키안의 입이 저절로 벌어졌다. 이혁이 싸우는 것을 본 적이 있는 캘리도 놀란 기색을 숨기지 못했다.

두 사람이 아는 테드는 싸움에서 궁지에 몰릴 사람이 아니었다. 그런 상상조차 허락하지 않는 절대적인 능력자였다.

그런데 지금 그들은 테드가 제대로 대응도 하지 못하면서 피동에 몰린 걸 보고 있었다. 보면서도 믿기 어려운 장면인 것이다.

땅에 발을 디딘 테드는 정신없이 뒤로 물러났다. 그리

고 이혁이 바람처럼 그를 따르며 쉴 새 없이 주먹과 발을 날렸다.

테드의 몸을 공처럼 둥글게 에워싸고 있는 보라색의 기운이 타격당할 때마다 금방이라도 터질 것처럼 출렁거렸다.

위태로워 보이는 모습이었지만 안에 있는 테드의 얼굴은 오히려 처음보다 더 안정되어 보였다, 눈빛은 더 살벌하게 변하고 있었지만.

주먹에 이어 발로 테드를 공격하려던 이혁의 움직임에 파탄이 생겼다. 그는 눈살을 찌푸리며 아래를 내려다보았다.

발밑에 보라색의 늪이 생겨나 있었다. 어느새 그의 발목까지 차오른 늪은 소용돌이처럼 회전하며 무서운 속도로 차오르는 중이었다. 그 인력은 굉장해서 이혁은 손쉽게 발을 빼낼 수가 없었다.

발이 묶인 것이다.

위협은 그뿐만이 아니었다.

소용돌이는 톱니와도 같은 이빨을 갖고 있었다.

위이이이잉-

이혁이 늪을 의식한 건 그것이 나타남과 거의 동시였

는데도 그의 발과 정강이는 톱니에 물어 뜯겨 피투성이로 변해 있었다.

그가 찰나의 순간에 천강귀원공을 운용했기에 그 정도에 그친 것이지, 조금이라도 늦었다면 발목이 잘려 나갔을 것이다.

"괜찮군."

이혁은 낮게 중얼거리며 싱긋 웃었다.

그는 초인이 아닌 무인(武人)이었다.

무인에게 전투는 숙명이고, 강한 상대와의 싸움은 최고의 즐거움인 것이다.

그의 눈빛이 강렬하게 번뜩였다.

그는 암왕사신류의 무예를 익히며 이런 상황에 쓸 수 있지 않을까 상상해 보았던 기법이 있었다.

그 기법은 산을 격해 물체를 타격한다는 격산타우의 원리를 기반으로 만들어졌고, 연결되어 있는 것이라면 그 수에 상관없이 파괴력을 전달해서 타격이 가능했다.

물리적인 실체를 가진 것이라면 언제든 사용가능하지만 정신력이 형상화된 것에도 과연 통할 수 있을까 궁금해왔던 기법, 그것은 혈우팔법 중의 하나인 구겁천뢰탄이었다.

이혁은 어느새 허벅지까지 차오른 소용돌이 톱니늪을
내려다보며 그 자리에 절반쯤 주저앉았다.

테드를 포함해서 지켜보던 사람들이 모두 아연실색했
다.

위이이이이잉-

가공할 기세로 회전하는 수천 개의 보라색 톱니들이
이혁이 입고 있는 옷을 갈기갈기 찢었고, 그의 피부에 붉
은 상처를 내며 몸을 절단하려 했다.

제11장

이혁이 취한 자세는 자살하고 싶어 하는 사람이 아니라면 절대 취하지 않을 것이었다.

    테드조차 자신이 펼친 'Vortex of evil(사신의 소용돌이)'를 거두어야 하는 게 아닐까 고민에 빠졌다.

    그는 이혁에게 물어보고 싶은 것이 아주 많았다. 그가 저렇게 죽으면(?) 그 궁금증을 해소할 길이 없어진다.

    하지만 결과적으로 그의 고민은 쓸 데 없는 것이었다.

    보라색 톱니를 가득 드러낸 '사신의 소용돌이'는 맹렬하게 회전하며 주저앉은 이혁의 가슴과 목 부위를 썰어갔다.

위이이이잉─

톱니와 이혁의 몸이 부딪치면서 머리카락을 곤두서게 만드는 기괴한 소음이 끊이지 않았다.

톱니의 기세를 생각하면 이혁의 몸은 채에 썰리듯 찢겨 나갔어야 했다. 하지만 그는 목과 가슴에 붉은 선 수백 개가 그려졌을 뿐 '사신의 소용돌이'를 견뎌내고 있었다.

"허, 저걸 버텨?"

어이없다는 듯 중얼거린 테드의 목과 이마에 시퍼렇게 핏대가 섰다. 곧이어 송골송골 땀방울이 솟아났다.

이혁이 버티는 것을 보자 오기가 생긴 그가 전력으로 힘을 개방한 것이다 .

콰우우우우우─

소용돌이의 기세가 막강해졌다.

전권에서 벗어나 있던 캘리와 키안이 버티지 못하고 뒤로 물러났다.

소용돌이가 만들어낸 강풍이 얼마나 거센지 주춤거리며 물러나는 그들의 머리카락이 뜯겨 나갈 듯 펄럭였다.

이혁은 양손을 활짝 펼쳐 손바닥을 위로 하며 천천히 들어 올렸다. 지면과 수평을 이룬 채 회전하는 보라색 톱니의 바닥면에 그의 손바닥이 닿았다.

테드는 이혁이 손을 움직이는 것을 보았다. 하지만 그것이 무엇을 하기 위한 동작인지 알아차릴 수는 없었다.

지금 이혁이 펼치려고 하는 기법은 그가 아는 어떤 초상능력과도 궤를 달리하는 것이었다. 당연히 상상하는 것도 가능하지 않았다.

이혁은 고개를 똑바로 세우고 테드를 보았다.

테드도 이혁의 시선을 피하지 않았다.

어둠 속에서 푸르게 빛이 나는, 맹수의 눈을 연상시키는 그들의 시선이 허공의 한 점에서 마주치며 보이지 않는 불똥을 튀겼다.

이혁의 입가에 흰 선이 그어졌다.

소리 없는 웃음.

그것을 보는 테드의 얼굴이 돌처럼 딱딱해졌다.

이혁의 입가는 웃고 있었지만 눈은 얼음처럼 차갑고 냉정했다. 그 부조화가 그의 마음을 불안하게 만들었다.

'저 웃음… 정말 재수 없는 걸……'

오늘 그는 여러 가지의 초상능력을 펼쳤다.

공중 부양을 비롯해 정신력을 이용한 강력한 공격 능력과 킬로미터 단위의 광범위 다중 정신 조작 능력까지.

하지만 그것은 그가 가진 능력의 전부가 아니었다.

그는 자신의 아들인 키안조차도 전부를 알고 있지 못할 정도로 다양한 초상능력을 갖고 있는 다중 능력자였다.

그의 눈빛이 번들거리며 얼굴에 미소가 번졌다.

"좋아, 해보자고!"

흥이 난 것이 역력한 표정과 말투였다.

그는 오랜 세월을 살아오면서 오늘처럼 여러 가지 초상능력을 한꺼번에 펼쳐 본 적이 없었다. 그럴 만한 적을 만나지 못했기 때문이었다.

그의 마음이 둘로 나뉘어졌다.

이 기술은 그가 마음의 평행차원(Parallel dimension of the mind)이라고 이름 붙인 정신계 초상능력이었다.

이혁의 눈이 커졌다.

그가 보고 있는 동안 테드의 몸이 아메바가 분열하듯 좌우로 늘어나더니 둘이 되는 게 눈에 들어왔기 때문이다.

오른쪽의 테드는 계속 손목을 움직여 '사신의 소용돌이'를 조종했다. 그리고 왼쪽의 테드는 양손을 번갈아 휘저었다.

그가 손을 한 번 휘저을 때마다 그와 이혁 사이에 두께 30센티의 철문 형태를 가진 거대한 벽이 나타났다.

문의 질감은 강철과 비슷했다. 그리고 어렴풋이 반대쪽이 투과되어 보이는 탓에 얼음을 연상시키기도 했다.

나타난 벽의 총수는 일곱 개였다.

테드의 입가에 자신만만한 미소가 떠올랐다.

그가 '불괴의 벽(Unbreakable wall)'이라 이름 붙인 이 기술은 정면 공격을 방어하는 데 있어서는 무적이라 해도 과언이 아닌 능력을 갖고 있었다.

핵무기가 아니라면 현존하는 어떤 물리적, 정신적 공격도 이 벽을 무너뜨릴 수는 없었다. 이미 그가 여러 번에 걸쳐서 시험한 결과가 그랬다.

자신만만한 얼굴로 이혁을 본 테드는 눈살을 찌푸렸다.

이혁의 입가에만 떠올라 있던 미소가 눈가를 비롯한 얼굴 전체로 번져 있는 것을 발견했기 때문이었다.

그 미소의 의미를 아는 데는 긴 시간이 필요하지 않았다.

이혁의 하단전이 폭발하기 직전의 화산처럼 뜨겁게 달

아올랐다.

프랑스 파리에서의 싸움에서 선보인 적이 있는 암왕
경, 암왕사신류의 심공들이 극에 이르러야만 펼칠 수 있
다는 신비로운 무예가 재현되고 있었다.

가로막는 무엇이든 녹여 버리는 용암이 되어 경락을
타고 흐른 기운은 그의 손끝까지 단숨에 치달렸다.

그리고 찰나지간에 그의 손이 맞닿아 있는 톱니의 바
닥으로 전해졌다.

암왕경이 실린 구겹천뢰탄이 용틀임하듯 보라색 톱니
속으로 파고들었다.

테드의 미간이 보일 듯 말 듯 일그러졌다.

위험한 무엇인가가 다가오고 있었다. 그런데 그 정체
가 파악되지 않았다. 그것은 눈으로 볼 수도 없었고, 귀
로 들을 수도 없었다.

그의 초감각은 일반인이 상상할 수 있는 차원을 아득
하게 넘어서 있었다. 그럼에도 다가오는 위험이 어떤 것
인지 초감각으로도 확실한 형체를 잡아내지 못했다.

그를 공격하기 위해 다가오는 미지의 기운은 하나로
연결된 것이 아니라 가닥가닥 끊어져 있었다.

게다가 그것은 동시에 여러 공간에 존재하고 있을 뿐

만 아니라 처음과 끝이 어딘지조차 알기 어려웠다.

그것은 격산타우의 원리에 따라 공간을 뛰어넘는 구겁천뢰탄의 특성 때문이었지만 테드가 그것까지 알 수는 없었다.

테드는 그가 무적의 방패라 자부하던 '불괴의 벽'이 무용지물이 되었다는 것을 직감했다.

이혁이 어떻게 했는지 알 수는 없었지만 분명 위험은 일곱 개의 벽과 벽 사이를 건너뛰어 그에게 접근하고 있었다. 그리고 그 속도는 가공할 정도로 빨랐다.

위험을 인지한 다음 순간 파괴적인 힘은 일곱 개의 벽을 뛰어넘어 테드의 가슴으로 뛰어들었다.

공간을 이동할 시간적 여유를 찾지 못한 테드는 이를 악물며 '불괴의 벽'을 하나로 뭉치며 형태를 변환시켰다.

불괴의 벽은 하나로 이어져 투명한 구슬처럼 둥글게 변했다. 테드는 구슬이 된 불괴의 벽 안에 들어 있었다.

그가 '투명한 구슬(Transparent beads)'이라고 이름 붙인 기법이었다.

구겁천뢰탄의 속도로 놀라웠지만 테드의 기법 전환도 경이로울 만큼 빨랐다.

쾅!

일곱 개의 벽을 뛰어넘어 테드의 가슴을 치려던 구겁
천뢰탄은 변환된 구슬의 외벽과 무서운 기세로 충돌했다.

쩌저적!

구슬의 외벽에 수백 개의 균열이 생겼다.

울컥!

안색이 시체처럼 창백하게 변한 테드의 코와 입에서
선홍색 핏물이 뿜어져 나왔다. 하지만 그의 눈에는 일말
의 안도하는 기색이 떠올라 있었다.

투명한 구슬은 깨어지기 직전이었지만 이혁의 공격을
막아낸 것이다.

그로 인해 그가 번 시간은 1초도 채 되지 않을 만큼
짧았다. 그러나 그에게는 충분히 길다고 할 수 있는 시간
이었다.

텔레포트를 펼치는 데는 0.3초밖에 필요하지 않았으
니까.

'으드득!'

테드는 속으로 이를 갈았다.

그는 살면서 수많은 싸움을 했다. 그러나 오늘처럼 곤
경에 처했던 적이 없었다. 처음에는 장난에 가까운 마음

이었다. 하지만 지금은 달랐다.

그의 눈 깊은 곳에 진득한 살기가 늪처럼 고여 있었다.

이혁과의 싸움이 그의 괴팍한 성격을 극한까지 자극한 것이다.

'이번만 피하면… 죽지도 살지도 못하게 만들어주마!'

그의 몸이 흐릿해졌다.

텔레포트가 펼쳐지고 있었다.

이혁의 코에서도 핏물이 흘렀다.

구겁천뢰탄과 투명한 구슬의 충돌은 그가 원했던 것이 아니었다. 그건 테드의 응변이 너무 빨라 그가 반응할 시간을 놓친 탓에 일어난 충돌이라고 할 수 있었다. 하지만 그 충돌로 인해 그의 암왕경은 새로운 영역으로 접어들 었다.

테드는 지금까지 그가 만났던 수많은 적 중에 가장 강력한 능력을 가지고 있었다.

그 때문에 그는 전력을 기울여야만 했다. 테드는 여유를 두고 싸울 수 있는 상대가 아니었던 것이다.

이 싸움은 그에게 새로운 경험을 안겨주었고, 그 안에서 그는 사문의 무예에 대한 깨달음을 더할 수 있었다.

테드는 어이없어 할 테지만 이혁에게 이 싸움은 일종

의 기연이라고 할 수 있었다, 몸에 가해지는 충격과 고통
은 그 대가였고.

이혁의 눈빛이 강렬해졌다.

구겁천뢰탄은 아직 끝나지 않았다.

이혁은 방금 전부터 암왕경의 기운이 장악하고 있는
건물 옥상의 시간이 다른 곳과 어긋나게 흐르고 있다는
것을 분명하게 인지하고 있었다.

그의 시간은 믿을 수 없을 정도로 느렸다. 테드가 펼
치는 텔레포트의 모든 것이 한눈에 보일 만큼.

구겁천뢰탄은 테드가 펼친 일곱 개의 벽과 하나의 구
슬 외벽과 충돌하며 팔겁을 소모했다. 그것은 아직 한 번
의 공격이 더 남아 있다는 것을 뜻했다.

암왕경이 실린 아홉 번째 천뢰탄이 '투명한 구슬'의
외벽을 스며들 듯 통과했다. 그리고 텔레포트로 이동하
려던 테드의 가슴을 가공할 기세로 쳤다.

막 텔레포트 하려던 테드는 그야말로 혼이 달아날 정
도로 놀랐다.

이혁의 공격을 무시하고 텔레포트를 시도했을 때 성공
할 가능성은 반반이었다. 그리고 절반의 확률인 실패의
경우… 그의 온몸은 갈기갈기 찢겨 나갈 터였다.

그는 텔레포트를 포기했다.

흐릿해지던 그의 몸이 뚜렷해졌다.

그는 이를 갈았다.

텔레포트가 저지당할 정도로 빠른 속도의 공격이라니!

그것도 초상능력이 아닌 동양 무예의 수법에 의한 상황이었다. 그가 알고 있는 능력의 상식을 뛰어넘는 일이 벌어진 것이다.

그는 천뢰탄이 통과한 투명한 구슬을 해체시켜 가슴 앞에 끌어모았다.

형태는 가로세로 1미터, 정방형의 반투명한 방패가 그의 가슴 앞에 나타났다. 놀라울 만큼 빠른 응변이었다. 하지만 그 속도는 이혁보다 빠르지 못했다.

방패는 천뢰탄이 통과한 뒤에 생성되었던 것이다.

쿠왕!

"우와악!"

폭음과 함께 거친 비명 소리가 났다.

우당탕탕!

가슴이 움푹 패인 것이 눈에 보일 정도로 큰 상처를 입은 테드의 몸이 허공을 4~5미터를 날아 옥상 바닥에 나뒹굴었다. 그리고 곧 그는 허공으로 떠올랐다.

그의 뒤를 바람처럼 따라붙은 이혁이 그의 멱살을 잡아서 들어 올린 것이다.

이혁의 손아귀 아래, 테드의 몸이 축 늘어졌다.

"후우우… 욱… 쿨럭쿨럭, 컥……."

숨을 고르던 테드는 참지 못하고 격렬하게 기침을 했다.

핏물이 이혁의 얼굴에 튀었다.

이혁은 그것을 피하지 않았다.

싸움을 지켜보고 있던 키안이 한숨을 삼키며 앞으로 나섰다. 사이가 좋지 않다고 해도 테드는 자신의 아버지였다. 더는 지켜보고만 있을 수 없는 것이다.

"켄, 손을 멈춰주시기 바랍니다."

이혁이 눈길이 키안을 향했다.

그의 눈과 얼굴엔 표정이라고 할 만한 것이 떠올라 있지 않았다.

키안은 긴장했다.

이혁이 무슨 생각을 하는지 알 수가 없었기 때문이다.

이혁이 테드를 돌아보며 입을 열었다.

"왜 내 부하를 죽이려 한 거요?"

테드는 힘없이 웃었다.

피에 전 이가 드러났다.

"저… 아이는… 내 집에 몰래… 침입해서… 비밀문서를 훔쳐… 갔다… 어떤 미친… 놈이… 도둑을… 그냥 보낼까……."

이혁은 캘리에게 안겨 있는 리마를 힐끗 보았다. 그의 눈에 리마가 옆구리에 꼭 끼고 있는 상자가 들어왔다.

저 지경이 되어서도 상자를 놓지 않고 있으니 테드가 도난당했다는 물건이 무엇인지는 물어볼 필요도 없었다.

이혁이 말했다.

"내 부하와 당신의 물건을 포기하시오. 약속한다면 나도 더는 손을 쓰지 않겠소."

테드는 헛웃음을 흘리며 말을 받았다.

"크크큭… 부하나 주인이나… 대책 없기는… 마찬… 가지로군……."

강도 패거리가 주인을 협박하는 형국이었다. 속에서 불이 났지만 테드는 물러서야 할 때라는 것을 알고 있었다.

그는 이혁과 같은 눈빛을 가진 남자에 대해서 아는 것이 적지 않았다. 이런 유형의 남자는 입 밖에 내뱉은 말은 반드시 지킨다.

거절하면 이혁은 망설임 없이 자신의 목을 부러뜨릴 것이 분명했다. 키안도 그것을 막지는 못할 것이다.

테드는 고개를 끄덕였다.

"저 안의 물건이… 무엇인지도 모르면서… 크크크… 어쨌든 제안을 받아들이지… 선택의 여지가… 없으니까……."

이혁은 천천히 테드를 바닥에 내려놓았다. 그리고 키안을 돌아보며 말했다.

"싸움은 끝났소."

그는 리마에게 걸어갔다.

그의 말처럼 싸움은 끝난 것이다.

리마는 미간을 잔뜩 찡그렸다. 눈을 뜨고 싶었지만 눈꺼풀은 조급해진 마음을 비웃기라도 하는 것처럼 쉽게 올라가지 않았다.

몇 초의 노력이 더해지자 마침내 눈꺼풀이 움직였다.

눈을 뜨긴 했어도 사물을 명확하게 볼 수는 없었다.

안개가 낀 것처럼 앞이 모호했다.

테드와의 싸움에서 그녀가 마지막에 받은 타격은 엄청나게 강한 것이었다.

보통 사람이라면 즉사했을 수준이었다. 회복력이 남다른 그녀도 충격에서 바로 벗어날 수는 없었다.

누군가 그녀의 이마를 부드럽게 쓰다듬었다.

손길은 부드러웠고, 온기가 가득했다.

몇 번 눈을 깜박인 뒤에야 앞이 조금씩 밝아졌다. 그리고 자신의 이마를 쓰다듬고 있는 남자를 볼 수 있었다.

"보… 스……."

이혁은 리마의 눈을 내려다보며 싱긋 웃었다.

"깼구나."

리마의 눈동자가 흐트러졌다. 그녀는 마음이 강한 사람이었지만 눈에 물기가 차오르는 것을 참지 못했다.

최악의 상황에서 그처럼 절실하게 기대했던 소원이 이루어진 것이다.

리마의 상체가 움찔거렸다.

일어나려는 것이다. 하지만 그 시도는 성공하지 못했다. 이혁이 그녀의 이마를 살짝 눌렀기 때문이다.

그가 고개를 가로저으며 말했다.

"안 돼. 더 쉬어라. 몸이 엉망이라 회복하려면 쉬어야 해."

리마의 몸에서 힘이 빠져나갔다.

몸을 조금 움직였을 뿐인데도 전신의 뼈가 고통을 참지 못하고 찢어질 듯한 비명을 지르고 있었다.

깊게 심호흡을 해서 통증을 가라앉힌 그녀는 고개를 돌려 자신이 있는 곳이 어딘지 살펴보았다.

왼쪽에는 그녀가 누워 있는 침상과 나란하게 침상이 하나 더 놓여 있었다.

그리고 그 위에는 핏기라고는 하나도 없는 테드가 눈을 꼭 감은 모습으로 누워 있었다, 이혁과 캘리, 그리고 키안은 두 개의 침상 사이에 서 있었고.

방은 무늬 없는 하얀 벽지와 놓여 있는 의료장비들을 보아 병원의 병실이었다.

그녀의 궁금증을 캘리가 해소시켜 주었다.

"리마, 이곳은 와이즈먼 병원이에요."

창밖은 아직도 어둠에 잠겨 있었다.

병실 벽시계의 시침과 분침은 새벽 4시 50분을 지나는 중이었다. 그녀가 기절한 채로 보낸 시간은 그리 길지 않았다.

리마의 눈빛이 평정을 찾아가는 것을 본 이혁이 자신의 손을 내려다보았다. 그의 손에는 리마가 기절했을 때조차 꼭 끌어안고 있었던 상자가 들려 있었다.

그처럼 격렬한 싸움을 겪었는데도 상자는 흠집 하나 없었다. 리마가 전력을 다해 보호하기도 했고 테드도 상자가 상하지 않도록 신경을 쓴 덕분이었다.

덜컥.

이혁의 엄지손가락이 상자의 잠금장치를 간단하게 부쉈다.

그가 상자의 뚜껑을 열려고 할 때였다.

"쿨럭……. 열지 않는 게 좋을 걸세."

이혁의 시선이 테드의 침상을 향했다.

테드가 눈을 뜬 채 고개를 돌려 그를 올려다보고 있었다.

"젊은 노인네도 정신 차리셨수?"

이혁의 어투는 곱지 않았다.

상체를 일으키려다 고통으로 눈매를 떠는 리마를 막 보고 난 터라 테드에 대한 심사가 고울 리가 없는 것이다.

테드의 눈매가 확 일그러졌다.

세상 어느 누가 그를 이런 식으로 불렀던 적이 있었던가.

하지만 동양의 옛 속담에도 있듯이 패배자가 무슨 말

을 할 수 있을까.

그저 작은 투덜거림과 소극적인 항의를 할 수 있을 뿐
이었다.

"젊은 노인네가 뭔가. 테드라고 부르게."

몇백 살인지 알 수 없는 노인의 항의(?)인데다 아들인
키안도 민망한 기색으로 서 있는 터라 이혁도 한 걸음 물
러섰다.

"그러죠, 뭐. 그건 그렇고 옥상에서부터 궁금해 하던
겁니다만, 왜 이걸 열지 말라고 하는 겁니까, 테드?"

"자네, 한국인이지?"

테드의 질문을 받은 이혁은 별로 놀라지 않았다.

이혁의 영어는 의사소통하는데 문제없을 정도지만 원
어민 수준은 아니었다. 그 정도로 영어를 매끄럽게 말해
야 할 필요를 느낀 적이 없어서 이혁의 영어에는 한국식
억양이 강하게 남아 있었다.

"그렇습니다."

"예상이 맞군. 다른 나라 사람이어도 말렸을 테지만
한국인이라면 더욱 그 상자를 열지 않는 게 좋네."

"예?"

이혁이 어리둥절한 얼굴로 되물었다.

"무슨 말입니까?"

테드는 이혁에게서 시선을 떼고 천장을 보며 대답했다.

"오래전 나는 한국전쟁에 기갑연대 장교로 참전했었네. 그곳에서 매력적인 한국인을 만나 우정을 나누었지. 광복군 출신으로 자신의 나라를 목숨보다 사랑하는 남자였네."

이혁의 눈이 가늘어졌다.

생각지도 못했던 이야기였다.

키안도 알지 못했던 일인 듯 뜻밖이라는 표정으로 이야기에 귀를 기울이고 있었다.

말을 잇는 테드의 눈가에 그늘이 졌다.

"상자 속에 있는 건 그 한국 친구의 손녀가 보내 온 편지일세."

"그 말씀을 들으니까 이 상자를 꼭 열어봐야겠습니다."

테드는 쓰게 웃었다.

"말릴 수 있는 입장이 아니니… 마음대로 하게. 자신의 행동으로 인한 결과에 대해서도 책임을 질 수 있기를 바라네."

이혁은 피식 웃었다.

"나는 아직까지 내 어깨 위로 떨어지는 책임을 회피한 적이 없습니다."

그는 상자의 뚜껑을 가볍게 열어젖혔다.

테드의 말대로 상자 안에 들어 있는 건 본래는 하얀색이었을 테지만 이제는 누렇게 변색되어 버린 두툼한 편지 봉투 하나였다.

이혁은 봉투를 꺼내 들고 상자를 내려놓았다. 그리고 겉면에 쓰여 있는 발신자와 수신자 항목을 훑어보았다.

수신란에 적힌 이름은 테드 와이즈먼이었다.

와이즈먼의 이름에서 눈을 떼고 발신자 항목을 읽어나가던 이혁의 미간에 굵은 주름이 잡혔다.

"으음……."

그의 입에서 낮은 신음이 흘러나왔다.

발신자 항목에 적혀 있는 이름은 그에게 낯설지 않았다.

그러나 이곳에서 보게 될 거라고는 상상도 하지 못했던 이름이었다.

그곳에 적혀 있는 이름은 'So Young Lee(이소영)' 이었다.

'설마… 동명이인이겠지…….'

이혁은 내심 고개를 저었다.

5년이 넘는 세월이 흘렀는데도 이혁은 이소영의 이름을 보자마자 그녀를 바로 떠올릴 수 있었다.

이소영은 그가 한국에 있을 때 의뢰를 받아 구했던 프리랜서 여기자였다. 그러나 너무 참혹한 일을 겪은 그녀는 결국 정신병원에 입원해야 했다.

그리고 그녀가 가진 물건을 손에 넣기 위해 칼새 이상윤과 태룡회는 대전까지 그를 추적했었다.

그 와중에 여러 가지 일이 벌어졌었다. 결국 이상윤과 태룡회의 보스, 서복만은 그에 의해 제거되었다.

그러니 이혁이 어떻게 그녀를 잊을 수 있겠는가.

게다가 테드는 그녀의 할아버지가 광복군 출신으로 나라를 목숨처럼 사랑했던 남자라고 했었다.

이혁은 테드에게 고개를 돌리며 물었다.

"혹시 당신이 한국에서 사귀었다는 친구의 이름이 이영호가 아닙니까?"

테드의 얼굴색이 확 변했다.

그는 진심으로 놀란 듯 입까지 벌리며 이혁을 보았다.

"자네… 독심술 능력도… 가지고 있는 초상능력자였나?"

"맞군요."

"맞네. 그런데 자네가 그걸 어떻게 아는가? 자네, 진짜… 능력자 아닌가?"

이혁은 혀를 찼다.

테드의 심정도 이해가 갔다.

전후 사정을 알 리 없는 그였다. 이혁이 이영호의 이름을 알고 있는 게 신기하지 않을 수 없는 것이다.

이혁이 담담한 어조로 입을 열었다.

"한국에 있을 때 이소영 씨와 짧은 인연이 있었습니다. 그래서 이씨 집안 사정을 조금 압니다."

"세상 참 좁구먼……."

테드는 깊어진 눈빛으로 이혁을 보며 중얼거렸다.

이혁도 고개를 끄덕였다.

그의 심정도 테드와 별로 다를 게 없었던 것이다.

테드가 이혁을 돌아보며 물었다.

"그럼 자네는 내 친구의 의문사와 그의 딸들의 사고사, 그리고 아들인 준성의 실종에 대해서도 알고 있겠군."

"예."

"그들이 모두 살해당한 것도 아는가?"

이혁의 얼굴이 살짝 굳었다.

그가 대답했다.

"그럴 가능성이 있다고 생각은 했지만 그분들의 적이 누군지 알지 못해서 확신할 수 없었습니다."

"그랬겠지. 오래된 이야기니까……. 증거도 없고 증인도 없고… 준성은 시신도 찾을 수 없었지. 남은 자료들도 전부 조작되었고. 그들의 죽음에 얽힌 진실을 누가 알 수 있을까……."

테드는 쓰게 웃으며 말을 이었다.

"나는 그 한국인 친구를 많이 아꼈었네. 남다른 재능을 갖고 있었거든. 제 버릇 누구 못 준다고… 나는 그의 잠재 능력을 각성시켜 주었는데 그게 그 친구에게는 오히려 독이 되었네. 능력을 과신한 그 친구는 일제강점기 시절에 친일파로 활동했던 누군가의 뒤를 추적하다가 살해당했네. 그의 죽음은 자네도 아는 것처럼 자살로 처리되었지."

이혁은 조용히 귀를 기울였다.

이씨 집안에 대해서는 시은이 조사를 했었다. 하지만 그 내용은 테드가 얘기하는 것만큼 상세하지 못했었다. 새로운 이야기들이 많은 것이다.

테드의 얘기가 계속되었다.

"한국전쟁이 휴전된 후 나는 영국으로 돌아왔고, 그 친구는 가끔 내게 편지를 보냈었네. 죽기 얼마 전에도 편지를 주고받았지. 그리고 연락이 끊어졌네. 나는 궁금했지만 그에 대해 알아보지 못했네. 그 즈음 내게도 큰일이 닥쳐서 그에게 관심을 기울일 수가 없었거든."

말을 하며 그는 키안을 힐끔 돌아보았다.

아마도 큰일이라는 게 키안과 관련이 있는 듯했다.

"내가 친구의 죽음을 알게 된 건 그가 죽고 나서 수십 년이 흘렀을 때였네. 아버지의 유품 속에서 내 연락처를 보았다면서 아들인 준성이 내게 편지를 보내와서 알았지. 나는 한국으로 달려가 친구의 죽음을 조사했네. 하지만 결과는 신통치 않았어. 세월이 너무 많이 흐른 탓도 있었지만 내가 적극적으로 조사를 하기 어려웠기 때문일세."

"당신이요?"

이혁은 고개를 갸웃하며 되물었다.

안하무인에 제멋대로인 테드의 성격을 생각한다면 그의 말을 믿기는 정말 어려웠다.

제12장

테드가 혀를 차며 대답했다.

"사람들은 내가 만능자라도 되는 줄 아는데… 알고 보면 난 그저 조금 뛰어난 능력을 가진 보통 사람이라네."

"보통… ㅎㅎㅎ."

어이가 없어진 이혁이 낮게 헛웃음을 흘렸다.

테드는 어깨를 으쓱하며 말을 이었다.

"조사를 진행할수록 문제가 간단하지 않다는 것을 알게 되었네. 친구가 추적했던 자는 그 나라에서 누구도 건드리기 어려운 힘을 가진 조직에 속해 있었네. 세월 속에 증거는 사라졌어도 모든 정황은 그자가 친구를 죽였다고 알려주고 있었네."

당시의 기억이 되살아나는 듯 테드는 눈살을 찌푸렸다.

"나는 '그자'가 과연 누구인지 추적을 시작했네. 하지만 곧 그가 속한 조직의 벽에 가로막혔지. 그 작은 나라의 배후에 있는 거물들의 네트워크가 벌집을 쑤신 것처럼 시끄러워졌네."

말을 잇는 그의 기색은 당시 상황이 꽤나 마음에 들지 않았었던 듯 떨떠름하기만 했다.

"그 조직과 나는 작은 충돌을 거듭하며 전면전에 가까운 싸움을 하는 지경까지 되었네. 하지만 나는 그 전쟁의 끝을 보기 어려운 형편이었네. 유럽 본가의 상황이 복잡해지고 있어서 한국에 계속 머물 수 없게 되었기 때문일세. 결국 고민을 거듭하다가 싸움에서 손을 떼야만 했지."

테드는 잠시 말을 멈추었다.

상념에 잠긴 기색이었다.

이혁은 귀를 기울이며 침묵하는 테드를 묵묵히 바라보았다. 그러다가 그를 향해 불쑥 말했다.

"귀찮으셨던 거 같군요."

진지하던 테드의 얼굴에 찔끔하는 기색이 떠올랐다.

그걸 본 이혁이 중얼거렸다.

"맞군."

테드의 얘기는 그럴싸했지만 이혁도 한국을 떠난 후 많은 초강자와 초상능력자들을 겪으며 5년의 세월을 보냈다.

그의 얘기를 액면 그대로 믿을 정도로 순진하지 않은 것이다.

테드는 입맛을 다셨다.

그의 표정이 변했다.

조금 전까지는 고뇌하는 듯한 기색이 떠올라 있었는데 지금은 아주 뻔뻔한 느낌을 주는 표정이 되어 있었다.

그가 말했다.

"사실… 자네 말 대로네. 나는 그 친구를 많이 좋아했지만 이미 죽은 친구의 복수를 위해 동양 한구석 작은 나라에 있는, 그것도 은원 관계도 없고 이름조차도 몰랐던 조직과 전면전을 치르는 건 성미에 맞지 않았네. 그 정도까지 해주고 싶을 정도로 그와 친했던 것도 아니었고."

조용히 듣고 있던 이혁이 이맛살을 조금 찡그리며 물었다.

"친구가 아니라 고용자와 피고용자 사이였던 것 아닙니까?"

그의 말은 질문의 형태를 취하고 있었지만 뉘앙스는 질문이 아니라 확인에 가까웠다.

생뚱맞은 소리를 듣기라도 한 것처럼 테드의 입매가 꿈틀거렸다.

"그게 무슨 말인가?"

"갑자기 생각이 난 건데, 당신처럼 세상사에 얽히는 걸 꺼려하는, 독불장군 같은 분이 아무리 유희라도 한국전쟁이라는 대살육전에 자진해서 참전한다는 게 이해가 가지 않더군요. 그것도 장교로 말입니다. 귀찮은 일이 산더미처럼 생길 게 불 보듯 뻔한 일이지 않습니까. 그건 당신이 한국에 반드시 가야만 하는 일이 있었기 때문이 아닐까 하는 생각이 듭니다만?"

테드를 바라보는 이혁의 눈빛이 스치기만 해도 베일 듯 날카롭게 빛났다.

그가 말을 이었다.

"가령 가네무라 슈이치가 남긴 물건이 한국에 있다는 정보를 얻었다거나 하는… 그리고 그것을 조사하기 위해서는 한국인의 도움이 필요했고, 그 도움을 준 사람이 이

영호 씨가 아니었나 하는 생각이 들었거든요. 전면전으로 가지 않았던 건 아마도… 그 조직이 가진 게 당신이 생각했던 것만큼 가치 있는 게 아니라는 걸 확인했기 때문일 것이고 말이죠."

테드는 이혁의 말에 가타부타 대답을 하지 않았다. 대신 그는 열린 대답을 내놓았다.

"좋을 대로 생각하게나. 상상이야 자유 아니겠나. 후후후."

배 째라는 식이다.

이혁은 속으로 혀를 찼다.

수십 년 전에 일어난 사건인 데다가 손에 든 증거가 없으니 그가 지금 할 수 있는 건 추측뿐이었다.

테드가 저런 식으로 나오면 진실을 알 수 있는 방법은 없었다.

그는 편지 봉투를 열고 내용물을 꺼냈다.

종이 서류 몇 장과 사진 두 장, 그리고 16기가 마이크로 SD 카드 한 개가 내용물의 전부였다.

이혁의 눈을 가장 먼저 사로잡은 건 당연히 사진이었다.

사진 속에는 여섯 명의 노인이 커다란 대리석 탁자 주

변에 둘러앉아 차를 마시며 웃고 있는 모습이 담겨 있었다.

그중 몇 명의 노인은 그에게도 낯이 익은 인물들이었다.

이혁은 고개를 갸웃했다.

낯이 익은 노인의 수는 셋이었다. 그가 아는 한 그들은 이렇게 한 자리에 둘러앉아 한가롭게 차를 마실 사람들이 아니었다.

한 명은 정치인이었고, 둘은 아니었다. 현역에서 은퇴한 지 십여 년이 되었지만 그들은 한국의 정치와 경제, 그리고 사회문화 모든 방면에 있어서 절대적인 영향력을 행사한다고 알려진 거물들이었다.

그들은 속한 진영이 각기 달랐고, 사이도 개와 원숭이처럼 좋지 않다고 알려져 있었다. 현역에 있을 때는 실제로 서로를 죽이려 시도한 적도 있다는 말이 떠돌기도 했었다.

사진을 내려놓은 이혁은 누런 서류를 집어 들었다.

서류에는 수십 명의 이름이 주욱 적혀 있었고, 이름 옆에는 깨알 같은 숫자들이 붙어 있었다. 숫자의 최소 단위는 억이었다.

이혁은 서류에 적힌 수십 명의 이름 속에서도 낯익은 걸 발견할 수 있었다.

한국의 사정에 별 관심 없는 그가 알고 있을 정도의 이름이라면 보통 유명 인사가 아니라 할 수 있었다.

"음……."

서류를 내려놓으며 앓는 듯한 신음 소리를 흘리는 그의 안색은 적잖게 굳어 있었다.

그는 테드가 왜 상자를 열지 않는 게 좋을 거라고 말했는지 알 수 있었다.

한국을 떠난 후 많은 일을 겪었다. 사진과 서류 속의 내용이 무엇을 의미하는지 정도를 유추하는 건 일도 아니었다.

테드는 재미있다는 얼굴로 그를 보고 있었다.

그가 퉁명스러운 어투로 물었다.

"제 표정이 꽤나 맘에 드시나 봅니다?"

"그러게 내가 열지 말라고 하지 않았나. 옛사람들은 늙은이 얘기를 귀담아듣지 않으면 손해를 본다고 했네. 틀린 말이 아니지."

"이 상황에서 열지 말란다고 그 말을 따를 사람이 어디 있겠습니까."

"뭐 그렇기는 하네만. 후후후."

테드는 낮게 웃었다.

이혁은 꺼냈던 내용물을 다시 봉투 안에 집어넣었다. 그리고 그것을 상의 호주머니에 챙겼다.

그가 테드에게 물었다.

"사진과 서류 속의 인물들이 누군지 아십니까?"

테드는 고개를 끄덕였다.

"그것을 갖고 있었던 세월이 몇 년일세. 그들에 대해 조사하지 않았다면 거짓말이겠지."

"알려주실 수 있습니까?"

테드는 어깨를 으쓱하며 되물었다.

"내가 왜 그런 호의를 자네에게 베풀어야 하나? 나를 이 지경으로 만든 사람이 자네인데?"

이혁은 쓴웃음을 지었다.

"제가 알아보죠."

"그들 중 90퍼센트는 알아내기 쉬울 걸세. 하지만 10퍼센트 정도는 공 좀 들여야 할 거야. 세상에 나온 적이 없는 놈들이라서 말이지."

테드는 여전히 빙글거리는 얼굴로 말했다.

어딘가 고소하다는 기색이어서 이혁은 공연히 짜증이

났다.

"저도 세상사가 겉으로 보이는 것과 다르다는 것 정도는 압니다. 사진 속 인물들이 사실은 손을 잡고 세상을 속이고 있는 거라고 해도 그리 놀라지는 않을 겁니다. 그러니까 그만 재미있어 하시는 게 어떻겠습니까."

테드는 입술 끝을 말아 올리며 툭 뱉듯이 말을 받았다.

"내 맘일세."

이혁은 두 손 두 발 다 들었다.

"맘대로 하십시오."

"그럴 걸세."

이혁은 진심으로 테드를 한 대 때려주고 싶었다. 하지만 싸움은 끝이 난 뒤다. 노인 공경 사회인 한국에서 자라지만 않았다면 그럴 수 있었을지도 모르지만… 속으로 얄미운 노인네라고 중얼거리며 삭힐 수밖에.

테드와 리마를 병실을 두고 이혁은 키안, 캘리와 함께 거실로 갔다.

리마의 안전을 확보한 터라 이혁은 마음이 홀가분해야 했지만 그렇지는 못했다. 이소영이 보낸 편지를 본 후인 때문이었다.

거실의 소파에 앉은 이혁은 스마트폰으로 상자 속의 서류와 사진을 스캔했다. 그리고 그것을 몇 줄의 문자와 함께 테일러에게 전송했다.

테일러라면 오래지 않아 그가 원하는 것들을 알아내 줄 터였다. 그리고 필요하다면 제이슨의 도움도 받으라고 했다. 한국 사정에는 그가 테일러보다 몇 배는 더 밝았다.

그가 하는 것을 말없이 지켜보던 키안이 입을 열었다.

"켄, 내가 도와줄 것은 없소?"

"마음만 받겠습니다. 이쪽 일에 정통한 친구들을 알고 있습니다. 그들이라면 충분히 이 일을 처리할 수 있을 겁니다."

"내 도움이 필요하면 언제든 말을 해주시오."

"그러죠."

두 사람은 서로를 보며 빙긋 웃었다.

그들의 대화를 듣고 있던 캘리가 이혁의 눈을 보며 입을 열었다.

"켄, 테드의 성격이 남다르긴 하지만 악한 분은 아닙니다. 너무 나쁘게만 생각하지 말아주셨으면 좋겠습니다."

이혁이 그녀를 정면으로 보면서 말을 받았다.

"당신 말투가 조금만 더 여성스러워진다면 진지하게 고려해 보겠습니다."

가벼운 웃음기가 어린 말투였다.

탐스러울 정도로 윤기가 흐르는 캘리의 검은 볼에 홍조가 떠올랐다.

그녀는 조금 어색한 표정으로 똑바로 부딪쳐 오는 이혁의 눈빛을 살짝 비키며 말했다.

"한 가지 얘기하고 싶은 게 있어요."

그녀의 말투는 어느새 변해 있었다. 안색처럼 어색하긴 했지만 군대식의 딱딱한 악센트에서 벗어나고자 하는 노력이 엿보였다.

이혁은 왠지 캘리가 귀엽다는 느낌에 싱긋 웃으며 물었다.

"뭐죠?"

"테드가 왜 한국에 갔었는지 진짜 이유는 그밖에 모를 거예요. 그렇지만 아주 조금은 저도 아는 게 있어요."

이혁의 안색이 진지해졌다.

캘리가 말을 이었다.

"테드는 초상능력의 자질을 갖고 태어났지만 그것을

알지 못한 채 살아가는 사람을 발견하면 각성을 시킬 수 있어요. 저는 얼마 전까지 이 세상에서 그런 능력을 가진 분은 테드밖에 없는 줄 알았어요. 하지만 얼마 전 그가 자신과 같은 각성 능력자가 세상에 한 명 더 있다고 중얼거리는 것을 들었어요."

이혁의 미간이 좁아졌다.

캘리가 하고 있는 말은 그 의미가 작지 않았다.

그녀의 말이 이어졌다.

"테드가 한국에 대한 관심을 오랫동안 유지한 건 그 각성 능력자의 흔적이 한국과 관련 있기 때문이었던 것 같아요. 당신이 테드와 이야기할 때 언급했던 가네무라 슈이치라는 사람도 그것과 관련이 있을 수도 있겠지요."

그때까지 얘기를 듣고만 있던 키안이 불쑥 끼어들었다.

"그 부분에 대해서는 내가 내용을 보탤 수 있을 것 같군."

이혁과 캘리의 시선이 키안을 향했다.

키안이 말을 이었다.

"테드는 자질을 타고난 사람의 능력을 깨우는 능력자요. 대상자가 수백만 명 중의 한 명 정도밖에 안 되는 확

률이긴 하지만 일단 그가 잠재 능력자를 마음먹고 각성시켜서 실패한 적은 아직까지 한 번도 없소. '빛의 고리'는 그가 각성시킨 사람들로 만든 조직이요. 최초 '빛의 고리'를 만든 그의 의도는 단순했소. 능력을 각성한 사람들이 자신의 손발이 되어 파라켈수스의 자료를 찾도록 하기 위해서였지."

그의 눈빛이 어두워졌다.

잠깐 곁길로 새는 듯하던 그의 얘기가 본론으로 돌아왔다.

"그런데 세상에는 테드와 같은 능력을 가진 사람이 한 명 더 있소. 어쩌면 그의 능력이 테드의 것보다 더 뛰어날 수도 있소. 그는 능력이 없는 자를 초상능력자로 각성시킬 수 있으니까."

이혁의 안색이 살짝 변했다.

충격적인 이야기였다.

"그런……."

그의 입술 사이로 흘러나온 격한 탄성 속에는 불신의 기색이 가득 담겨 있었다.

키안이 말을 이었다.

"믿기 어렵겠지만 사실이오. 그가 잠재 능력이 없는

사람들을 강제로 초상능력자로 각성시키는 방법을 'Blood cartwheel(혈륜)'이라고 하오. 뉘앙스가 끔찍하다고 느껴지지 않소?"

대답을 기대한 것은 아닌 듯 키안은 쓴웃음과 함께 말을 이었다.

"그럴 수밖에 없소. '혈륜'은 수백, 수천 명의 생명을 담보로 한 사람을 초상능력자로 만드는 방법이오. 사람을 재료로 사용하는 방법이라는 말이오. 재료로 사용된 사람들은 과정이 끝나면 시신도 남기지 못한다고 하고……. 그 방법에 의해 나온 결과물이 상상을 초월하는 것이라 해도 어떻게 사람으로서 그런 잔혹한 일을 용납할 수 있겠소."

이혁이 굳은 얼굴로 물었다.

"혈륜과 테드의 한국에 대한 관심이 어떤 식으로 관련되어 있다는 말입니까?"

"테드와 내가 혈륜을 알게 된 것은 무스펠하임 때문이오. 우리가 추정하기로 무스펠하임의 초상능력자들 중 절반 이상이 혈륜을 통해 힘을 얻은 자들이오."

키안의 얼굴에 쓴물을 삼킨 듯한 기색이 떠올랐다.

빛의 고리가 무스펠하임에게 패퇴한 건 혈륜 때문이었

다. 다시 그 시절의 처절한 도주를 떠올린 그의 기분이 좋을 리 없었다.

그러나 이혁의 질문이 그의 기분을 원상태로 돌려놓았다.

"혈륜… 그것을 시술한 자는 누굽니까?"

"그는 동양에서 초빙되어 온 자였다고 알려져 있소."

"동양……."

낮게 중얼거리는 이혁의 눈빛은 밤바다처럼 깊었다.

연이어 그가 물었다.

"그자가 누구인지 정체가 분명하게 밝혀지지는 않은 겁니까?"

"추정되는 인물이 한 명 있소만, 장담하기는 어렵소. 그는 죽은 지 이미 수십 년이 지난 자로 알려져 있어서……."

"말씀해 주십시오."

"흠… 그는 이시이 시로입니다."

이혁은 미간을 찡그렸다.

들을 때마다 기분이 상하는 이름이었다.

2차 대전 종전 후 미국이 전범 재판에 회부하지 않은 탓에 세상에 많이 알려지지 않은 이름이지만 그를 아는

사람들에게는 악마보다 더한 존재로 기억되는 자가 이시
이 시로였다.

키안이 말을 이었다.

"파리에서 만났을 때 잠시 그에 대해 언급했던 걸 기
억합니까?"

이혁은 고개를 끄덕였다.

그때 키안의 이야기를 듣고 협력을 수락하지 않았던
가. 시간이 얼마 지나지 않은 탓에 당시 키안의 악센트까
지 다 기억날 정도였다.

"'혈륜'의 시술자로 이시이 시로를 의심하는 건 731
부대에 남아 있었던 초인 연구의 흔적 때문입니다. 패전
당시, 이시이 시로는 연구와 관련된 모든 것들을 철저하
게 파괴했습니다. 하지만 종전 후 그것을 은밀하게 조사
한 사람들은 그곳에서 많은 사람의 희생을 담보로 능력
을 각성시키고자 했던 흔적을 발견할 수 있었습니다. 그
들은 능력자들이었기에 평범한 사람들이 보지 못하는 것
을 볼 수 있었지요."

키안은 침중한 얼굴로 말을 이었다.

"그곳에 남은 흔적은 무스펠하임에서 시행된 '혈륜'과
흡사한 것들이었습니다. 물론, '혈륜'이 좀 더 정교하고

차원이 높아지긴 했지만 근본은 동일했지요. 그래서 난 '혈륜'의 시술자가 이시이 시로가 아닐까 의심하고 있습니다."

말을 이으며 그는 힐끗 테드가 누워 있는 병실 쪽으로 시선을 옮겼다.

"내가 무스펠하임과 전쟁할 때는 테드와의 사이가 좋지 않을 때였습니다. 그러나 '혈륜'에 대한 건 그와 공유했었습니다. 가벼운 사안이 아니었으니까요. 테드가 초인 연구에 대해 알고 있는 건 나와 비교할 수 없을 만큼 깊습니다. 그래서 그의 의견을 들을 필요가 있었죠. 테드도 나처럼 이시이 시로를 의심하고 있습니다. 그리고 그 의심의 강도는 나보다도 세죠."

"왜 그렇습니까?"

"테드는 직접 말한 적이 없지만 그가 한국까지 간 이유는 아마도 흩어진 파라켈수스의 연구 자료를 찾아서였을 겁니다. 당연히 그는 한국전쟁 당시 731부대의 유적지를 은밀히 조사하기도 했죠. 그분이 '혈륜'의 시술자를 이시이 시로라고 믿는 건 자연스러운 일입니다. 물론, 우리 둘 다 아직까지 최종 확신을 하지는 못하고 있지만 말입니다."

키안은 입을 다물었다.

이혁도 천장에 시선을 준 채로 생각에 잠겼다.

거실에 침묵이 흘렀다.

이혁이 시선을 키안에게 옮기며 불쑥 말했다.

"결국 이 세계의 그늘 속에서 움직이고 있는 능력자들은 모두 '영생불사'를 가능하게 해줄지도 모른다는 것을 손에 넣으려 하고 있다고 보아도 되겠군요."

키안은 고개를 끄덕였다.

"그렇게 보아도 무방합니다."

"그것을 위해서 앞을 막는 건 모조리 쓸어버리기도 하고요. 그 광포한 힘의 쓰나미에 휩쓸린 보통 사람들이 얼마나 많이 죽고 다치고 망가지든 신경도 쓰지 않으면서 말입니다."

이혁의 어투는 차가워져 있었다.

키안은 씁쓸한 얼굴이 되었다.

그는 초인들의 그룹인 '빛의 고리'의 수장이었다.

그는 많은 초인이 보통 사람을 자신과 종이 다른 하등한 생물로 본다는 것을 잘 알고 있었다.

그들에게 있어 보통 사람은 수적으로 절대적인 우위에 있을 뿐 초인들이 원하는 것을 제공하기 위해 일하는

'개미'와 다를 바 없는 존재들이었다.

개미가 수백만 마리가 죽는다고 해서 신경을 쓸 사람이 누가 있을까.

아마 몇몇 곤충학자들이나 신경 쓸 터였다.

"영생불사라……."

이혁의 눈빛이 서늘해졌다.

"내가 볼 때 그건 세상에 없는 게 더 나을 듯합니다."

키안은 눈을 껌벅거렸다.

이혁이 무슨 뜻으로 저런 말을 하는지 이해하지 못한 표정이었다.

"영생불사를 가능하게 할 수 있다는 불멸인자든, 파라켈수스의 연구 자료든 먼저 손에 넣어야 할 것 같습니다."

이혁이 키안의 눈을 똑바로 쳐다보며 말을 이었다.

"그리고 그것을 부숴 버리겠습니다. 날 도와주시겠습니까?"

키안은 충격을 받은 얼굴이 되었다.

그도 초인, 영생불사는 오랜 꿈이었다.

그것을 가능하게 할 수 있는 불멸인자, 엘릭시르를 파괴한다는 생각은 꿈에서도 해본 적이 없는 것이다.

그가 더듬거리는 어조로 물었다.

"그걸… 부수겠단… 말입니까?"

이혁은 고개를 끄덕였다.

"예, 그것이 세상에 없다면 그것을 얻기 위한 쟁탈전도 없을 것이고, 그로 인한 피도 흐르지 않겠죠. 일그러진 세상이긴 해도 영문도 모른 채 힘의 쓰나미에 휩쓸리는 사람도 줄어들 테고요."

키안은 충격에서 벗어나지 못한 얼굴로 물었다.

"왜 그런 생각을……?"

"꼭 그럴싸하고 복잡한 이유가 있어야 합니까? 난 그저 사람들이 자신의 뜻대로 살기를 바랄 뿐입니다. 내가 능력이 뛰어난 자들이 만들어놓은 무대에서 꼭두각시처럼 살기를 원하지 않는 것처럼요. 대부분의 사람들도 나와 생각이 같지 않겠습니까?"

키안은 멍해졌다.

그는 이혁의 말을 머리로는 이해했어도 가슴으로는 이해하지 못했다.

그가 본 이혁은 어떤 초상능력자보다도 뛰어난 능력자였다. 원한다면 세상의 배후에서 역사의 방향을 바꿀 수도 있는 사람이었다.

그런 사람이 왜 자신의 삶을 보통 사람들의 그것과 동일 선상에 놓고 바라보는지 알 수 없었다.

그는 살아오며 이혁과 같은 시각으로 사람들을 바라본 적이 없는 것이다.

이혁은 의자의 팔걸이를 손가락 끝으로 두드렸다.

짧은 생각의 시간이 지난 후 그가 중얼거리듯 말했다.

"유럽이든 아메리카든 너무 넓어. 장소를 좁혀야 해. 키안, 그렇지 않습니까?"

아직 이혁이 한 말의 충격에서 벗어나지 못하고 있던 키안은 금방 대꾸하지 못했다.

평상시라면 이혁이 무슨 뜻으로 저런 질문을 했는지 바로 알아차렸겠지만 지금 그의 뇌 속은 평소의 상태가 아니었다.

이혁이 웃으며 키안에게 말했다.

"한국에 가보신 적이 있으십니까?"

키안은 고개를 저었다.

"가보고 싶은 마음은 있었지만 안타깝게도 아직 그 땅을 밟아보지는 못했습니다."

"그럼 이번에 저와 함께 가보시죠."

"이곳에서 할 일이 아직⋯⋯."

이혁은 싱긋 웃었다.

"무스펠하임 때문입니까? 염려하지 마십시오. 제가 한국으로 가면 그들도 따라올 겁니다. 아마 삼면이 바다로 막힌, 막다른 골목 같은 사지에 제 발로 걸어 들어갔다고 좋아하겠죠."

자신이 넘치는 말투였다.

키안은 내심 고개를 끄덕였다.

이혁의 말대로였다.

그가 아는 파이어 골렘 팔츠 백작의 성격이라면 이혁이 한국에 있다는 것을 안 순간 기꺼이 한국행을 택할 것이 분명했다.

이혁의 기분이 전염된 듯 키안도 싱긋 웃으며 말했다.

"그렇게까지 권하시는데 거절하기도 어렵군요. 다시 오지 않을 기회일지도 모르니 이참에 한국 구경을 해보도록 하지요."

이혁은 눈을 빛내며 말을 받았다.

"재미있으실 겁니다. 한국으로 들어올 자들이 무스펠하임만은 아닐 테니까요."

그는 스마트폰을 꺼내 들었다.

준비해야 할 것들이 많았다.

연락해야 할 사람들도 많았다.

스마트폰의 액정에 뜬 숫자 버튼을 누르며 그는 잠시 창밖으로 시선을 던졌다.

'5년 만의 귀향이 되는 건가……'

그의 두 눈 깊은 곳에 소름 끼치도록 뜨겁고 맹렬한 살기가 떠올랐다가 사라졌다.

                    *   *   *

대전 유성구.

주택가에 자리 잡은 작은 커피숍 앞에 검은색 대형 세단이 스르르 굴러오더니 소리 없이 멈춰 섰다.

조수석에서 내린 건장한 사내가 뒷좌석 문을 열고 한쪽으로 비켜섰다.

차에서 내린 사람은 단추 두 개를 푼 와이셔츠에 통 넓은 양복바지를 입은 175센티가량의 키에 서른 전후의 사내였다.

그는 습관처럼 굵은 목을 좌우로 꺾었다.

우둑우둑.

목뼈가 퉁그러지는 소리가 시원하게 났다.

히죽 웃는 그는 팔과 가슴이 두터워 와이셔츠가 터질 것 같았고, 목이 굵은 데다 눈빛이 강했다. 흔하게 보기 어려울 정도로 기세가 강렬한 사내였다.

그가 문을 열어준 청년에게 말했다.

"현우야, 안 보이는 곳에서 기다려라. 사람들 주눅 들겠다."

현우라고 불린 청년이 고개를 숙였다. 그는 190센티 정도의 키에 120킬로가 넘는 거구였다.

그런 몸집에 군살은 눈을 씻고 찾아도 보이지 않았다. 보는 것만으로도 사람을 질리게 만드는 근육질의 몸을 갖고 있었다.

"알겠습니다, 형님."

차가 멀어지자 목이 굵은 사내는 커피숍 문을 열고 들어갔다.

한 바퀴 돌아보기도 전에 약속한 사람이 눈에 들어왔다.

5년의 세월이 흘렀지만 편정호는 한눈에 시은을 알아볼 수 있었다.

쉽게 잊어버리기 어려운 미녀이기도 했지만 그보다 그가 진정한 친구로 생각하는 이혁의 단 하나뿐인 친인이었기 때문이다.

혼자 앉아 커피를 마시고 있던 시은은 편정호가 들어
서는 것을 보고 있었다.

편정호는 그녀 앞으로 걸어갔다. 그리고 정중하게 허
리를 숙였다.

"오랜만에 뵙습니다, 누님."

시은은 자리에서 일어나 마주 고개를 숙였다.

"저를 바로 알아보시네요, 편 사장님."

"혁이와 하숙집에 계실 때 먼발치에서 여러 번 뵈었으
니까요."

두 사람은 마주 보며 의자에 앉았다.

5년 전, 이혁의 주변을 지킨 두 사람이라 서로의 얼굴
은 낯이 익었다. 그러나 이렇게 가까이에서 대화를 나누
는 건 처음이었다. 당시에는 그럴 기회가 없었다.

두 사람의 얼굴에 아련한 기색이 떠올랐다.

그들은 동시에 한 사람을 생각하고 있었다.

그들의 삶에 말할 수 없이 커다란 영향을 주고 사라진
사람, 바로 이혁을.

시은이 편정호를 보며 입을 열었다.

"제가 편 사장님을 뵙고 싶다고 한 건 사장님의 도움

이 필요해서예요. 혁이가 돌아올 때까지 이곳에서 해야
할 일이 있어요."

편정호는 가볍게 손을 들어 이어지려는 시은의 입을
막았다.

그가 커다란 입을 벌리고 씨익 웃으며 말했다.

"긴 설명은 필요 없습니다. 말씀만 하십시오. 제가 할
수 있는 일이라면 무엇이든 돕겠습니다."

시은의 눈이 반달처럼 휘어지며 얼굴에 웃음이 피어났
다.

이혁이 대전에서 사귄 친구는 몇 되지 않았지만 그들
은 모두 사람 냄새가 나는 인물들이었다.

그녀의 가슴을 이혁에 대한 그리움이 가득 채웠다.

'혁아, 어디에 있니. 보고 싶어……'

〈『켈베로스』 제11권에서 계속〉

www.bbulmedia.com